KB133850

산이 좋아졌어

산이 좋아졌어

이지희 옮김 ▲ 산뉘하이Kit 지음 ▲

indigo

산으로 걸어가 보기를

어떻게 시작된 것일까?

비가 쏟아지던 그 여름날, 그 가을날의 산꼭대기.
천체의 운행, 우주의 질서, 생명의 교체.
새벽 3시 반의 헤드랜턴, 영하 5도의 텐트 안.

이 모든 일이 어떻게 시작되었는지 모르지만 내가 생애 처음으로 멀리서 들려오는 북소리를 들은 곳은 바로 산속이었다.

이토록 황당하면서도 낭만적인 여정이라니. 처음에는 신탁이나 하늘의 계시인 줄로만 알았다. 나중에야 이런 은유와는 아무런 관련도 없는 그저 나만의 생각이라는 걸 깨달았다. 살면서 별이 나의 갈 방향을 가르쳐 준다거나, 압도적인 계기가 답을 준다고 생각해 본 적은 없었다. 삶에서 무언가를 얻기 위해서는 언제나 중간과정이 필요하며, 신神조차 중계소를 필요로 한다고 알고 있었다.

그렇다면 산속으로 걸어 들어가 보라.

바람이 불어오면 나무에서 뻗어 나온 가지와 잎들이 물풀처럼 일렁거린다. 거대한 해는 모습을 드러내며 황금빛 이불을 내다 말린다. 너와 나는 산꼭대기에 서 있다. 생생하게 살아 있는 눈앞의 광경에 할 말을 잃은 채 눈물조차 떨구지 못한다. 그리고 떠올리기만 해도 목이 메어오는 그 사람, 답이 오지 않는 휴대전화를 앞에 두고 흐느껴 운다. 산의 저편으로 넘어가 같은 이야기가 다른 풍경을 만들어 내는 걸 얼마나 확인하고 싶었던가.

나는 깊은 밤 텐트를 걷어 올려 별을 바라보고, 새벽녘 숲속 깊숙한 곳에서 깨어난다. 나와 사이좋게 지내고, 나의 그림자와 함께 먼 길을 걸어간다. 달빛에 살을 태우고, 새벽빛에 눈시울을 붉힌다. 이른 새벽 침낭을 정리하면서 서로에게 미소 짓고 따뜻한 커피 한 잔을 건넨다.

이것 외에 무엇을 더 어떻게 해야 하는지 나는 잘 모르겠다. 이 황당한 세상에서 떳떳하지 못한 무엇을 하고 무엇을 하지 말아야 하는지 이보다 더 솔직하게 알려주는 방법을 알지 못한다.

이 여정이 멋질 거라고 자신할 수는 없다.

이 여정에서 무엇을 얻게 될지도 분명하지 않다.

다만 멀리서 들려오는 북소리와 거친 들판의 소리를 함께 들으며 계절을 맛보고 바람의 색을 느낄 것이다.

그리고 무엇보다 나는 나 자신을 만났다.

내가 그랬듯, 당신도 당신과 만나게 되리라 믿는다.

차례

여는 글

004 산으로 걸어가 보기를

01
첫 일출을 본 순간부터

014 그렇게 산이 내게로 왔다

022 삶이라는 배낭

030 한 사람의 배낭이 말해 주는 것

032 산을 오르며 나는 내가 좋아졌다

037 오직 산과 함께할 수 있기를 바랄 뿐

044 혼자 걷는 산이 주는 자유

048 외로움 속에서 알게 된 것

050 텐트에 비친 그림자

02
조금 괴로워도 무리가 되더라도

058 또다시 어디론가 출발할 테니까

065 낯선 산속에서 길을 잃다

072 서로에게 따스함을

074 아무리 힘들어도 산 아래 세상만큼
     힘들진 않으니까

078 함께 산에 가고 싶지 않다는 말

084 이토록 낭만적인 포카라

089 몸이 나를 배신할 때

094 나 자신에게 부끄럽지 않도록

100 당신이 먼저 힘내기를

102 산에 반해버린 사람

110 만 개의 강을 건널 수만 있다면

03

함께 오르는 산

116　나를 비추는 빛을 알아볼 수 있을까

122　산에서만큼은 모든 게 확실하다

128　예상치 못한 순간, 자연이 준 선물

133　각자의 방식대로 누리는 산

140　너와 함께 시간을 낭비하고 싶다

142　야영지 생활에선 아무것도 숨길 수 없다

148　그녀들의 산 그리고 나의 산

153　산 위에서만 느낄 수 있는 맛

158　사랑하는 이들을 그리워하는 밤

163　내가 왜 여기 있는지 모른다고 해도

168　산에서 알게 된 것

04
산과 나 사이

172 산이 나를 부르고 있기에

177 그러니 계속 걸을 수밖에

182 마음속에 높은 발코니 하나

184 고독에 익숙해지는 법

196 나를 위해 셔터를 누르는 사람

202 산에 두고 온 그 말들이 좋아서

204 영원히 기억하고 싶은 온기

209 늘 내 곁에 머물고 있었음을

닫는 글
220 오래도록 산과 함께할 수 있기를

01
첫 일출을 본 순간부터

나는 아직도 처음으로 일출을 본 순간을 생생히 기억한다.
우주가 가늘게 진동하고, 바람은 잔잔히 귓가에 흐른다.
심장은 더디게 뛰고, 피는 얼어붙은 듯하다.
알 수 없는 힘이 불러들인 금빛 공기 안에서
세상은 서서히 녹는다.

그렇게 산이 내게로 왔다

어머니에게 말하고 싶다.
나는 지금 있는 힘껏 숨을 쉬고 있다고.
힘든 일은 사라지지 않았지만
다시는 나 자신에게 회피할 이유를 주지 않겠다고.

나는 타이베이 사람이다. 타이베이에서 태어나 유치원, 초등학교, 중·고등학교, 대학교, 직장까지 전부 이 도시에서 다녔다. 일명 뼛속까지 타이베이 사람이라고 할 수 있다.

그렇다 보니 어렸을 적 나는 잘 이해가 되지 않았다. 섣달그믐 며칠 전부터 친구들은 '휴가를 내고' 집에 간다고 했다. 집에 어머니를 보러 간다, 추석을 쇠러 간다, 이런 말들은 늘 나와는 멀게 느껴졌다. 왜 집에 가는 데 '휴가'가 필요할까? 집에 가는 데 하루가 걸린다는 건 나로서는 상상할 수 없는 일이었다. 그건 마치 논밭이나 도랑, 시냇물, 숲, 산, 바닷가처럼 내 어린 시절에는 존재하지 않는 기억이었다.

내가 어렸을 적에 본 동물들은 모두 동물원에 있었다. 논밭은 아버지가 한참 동안 차를 몰아 고속도로를 통과하면 나오는 넓은 잔디밭처럼 생긴 곳이었다. 바닷가에 있던 외할머니댁에 갈 때마다 항구 근처에 많은 배가 정박해 있는 걸 볼 수 있었다. 파도가 끊임없이 밀려와 두드려대는 시멘트 방파제 쪽으로 나는 여간해서는 다가가려 하지 않았다. 검은빛을 띤 바닷물이 보일 정도로 가까이 가면 바로 역겨운 냄새가 올라왔기 때문이다.

이런 내가, 뼛속까지 타이베이 사람인 내가 2015년부터 산을 오르기 시작했다. 타이베이에는 3,000미터가 넘는 높은 산들이 268개나 있고, 운이 좋게도 1시간만 운전하면 그 산들의 입구에 닿을 수 있으며, 원주민 안내자를 따라 그들의 성스러운 산을 방문할 수 있다.

산으로 들어가는 이유는 저마다 다를 것이다. 나에겐 가슴 아픈 일이 하나 더 있을 뿐이다.

2014년 이전에 나는 풀코스 마라톤 선수였다. 매일 새벽 5시면 병동에서 깨어났다. 새벽녘에 가래를 뽑으러 온 첫 간호사와 교대한 뒤 강변을 따라서 1시간가량 10킬로미터 정도를 달리곤 했다. 그렇게 4년을 달린 이후로는 다시 병원에서 깨어나 달릴 기회가 없었다. 어머니가 돌아가신 후 나의 달리기 영혼도 함께 사라졌기 때문이다.

달릴 수 없게 된 후로 한동안 삶의 의지조차 흐릿해지면서 몸을 움직여 뭔가 하려 해도 좀처럼 기운이 나질 않았다. 그렇게 강인했던 근육은 정신과 더불어 점차 약해져 갔다. 1년 동안 책에만 파묻혀 지내면서 나는 두텁고 컴컴한 혼란 속에 빠져 있었다.

그 혼란 속에서 밀란 쿤데라의 『느림』에 나오는 시간과 기억의 방정식을 되뇌고 또 되뇌었다.

> 느림과 기억 사이, 빠름과 망각 사이에는 내밀한
> 관계가 있다……. 느림의 정도는 기억의 강도에
> 정비례하고, 빠름의 정도는 망각의 정도에 정비
> 례한다.

매일같이 무료하게 휴대전화만 만지작거리던 어느 날, 친구가 SNS에 공유한 설산 등반에 관한 글을 우연히 읽게 되었다. 작가 아타이는 몸이 좋지 않은 상태에서도 아내와 함께 묵묵히 허환시펑(해발 3,000미터가 넘는 타이완 허환산의 서쪽 봉우리)을 끝까지 오른다. 그리고 산을 내려오면서 그동안 살면서 한 번도 보지 못한 총총한 별들이 밤하늘을 가득 메운 장대한 광경을 목격한다. 나는 글과 함께 실린 허환산의 사진을 보고 또 보았다. 그러다 갑자기 오직 두 발로만 닿을 수 있는 그곳을 내 눈으로 직접 보고 싶다는 충동이 거세게 일었다. 결국 2015년 9월에 나는 생애 처음으로 산으로 향했다.

느리게 걷다 보면 어쩔 수 없이 기억 속에 잠겨 있던 사람들과 일이 하나둘 떠오른다. 턱까지 차오르는 숨, 심장이 가슴을 뚫고 나올 것만 같은 오르막, 어깨가 으스러질 것 같은 무게, 눈이 녹은 물속에서 감각을 잃어버린 발가락. 그렇게 걷고 또 걷다 체력의 한계에 직면할 때마다, 눈앞의 윤곽이 흐려질 때마다 선 채로 울음을 터뜨렸다. 힘들어서가 아니라 사무치게 그리워서.

매년 9월에 울긋불긋 단풍이 들면 나는 산에 오른다. 어머니가 생전에 가장 좋아하셨던 여행은 일본의 가을 산으로 단풍 구경을 간 마지막 여행이었다.

"얘, 이것 좀 봐라. 온 산에 단풍이 곱게 들었구나. 노랑, 빨강, 초록…… 정말 아름답지 않니?"

어머니는 휴대전화에 저장된 사진을 넘기며 추억 속으로 빠져들었다. 그러더니 화학 요법 치료를 받아 머리카락이 다 빠져버린 목덜미를 쓰다듬었다. 마치 사진 속의 풍성하고 새까만 머리카락이 여전히 거기 있는 것처럼.

나는 어머니 때문에 산을 오르기 시작했다. 어머니를 자주 그리워할 용기는 나지 않지만, 한 번도 그 사랑을 멈춘 적은 없다. 어머니에게 말하고 싶다. 나는 지금 있는 힘껏 숨을 쉬고 있다고. 힘든 일은 사라지지 않았지만 다시는 나 자신에게 회피할 이유를 주지 않겠다고.

오늘로써 어머니를 위한 걸음은 마침표를 찍는다.

이제부터는 나를 위한 걸음을 내딛겠다.

삶이라는 배낭

너는 모든 좋은 것과 나쁜 것을
삶이라는 이름의 배낭에 넣는다.
미안함과 부끄러움도 다 배낭에 넣는다.

산에 오를 때 가장 중요한 장비는 트레킹화도 침낭도 아니라 바로 배낭이다.

　처음 등산을 시작했을 때 내 최고의 즐거움은 등산 장비점에 가서 다양한 배낭을 메보는 것이었다. 빨간색, 파랑색, 녹색, 검은색, 보라색. 25리터, 30리터, 40리터, 65리터. 윗덮개, 경량, 방수, 찢김 방지, 서스펜션 시스템 (배낭의 무게를 어깨와 등, 허리에 분산시켜주는 시스템). 이처럼 눈을 뗄 수 없게 만드는 훌륭한 물건들 속에서 길을 잃는 건 정말 멋진 일이었다. 내 머릿속은 꽃밭에 뛰어든 꿀벌처럼 계속해서 윙윙거렸다.

　나라는 꿀벌이 꽃 한 송이를 만난 건 봄이었다. 그 꽃을 갖지 않으면 좋은 시절을 그대로 놓쳐 버릴 것만 같았다. 그렇게 오르기 시작한 산의 수가 늘어날수록 배낭 수는 그 두 배로 증가했다. 그리고 드디어 너와 난생처음 설산으로 향하는 날이 찾아왔다.

　1박 2일의 설산 주둥펑 등반. 너의 60리터 '그레고리' 검은색 배낭은 금방이라도 터질 듯 팽팽해 보였다. 369산장에 도착했을 때는 아직 이른 시간이었기에 산장 밖을 거닐며 시간을 보냈다. 그러다 나는 너에게 족히 15킬로그램은

넘어 보이는 배낭을 어디 한번 열어 보라고 다그쳤다.

"도대체 쓸데없는 짐을 얼마나 많이 가져 왔기에 이렇게 무거운 거야?"

"전부 다 중요한 거야. 얼마나 고민해서 챙겼는지 알아? 잘 알지도 못하면서."

그러더니 배낭 속 물건을 하나씩 꺼내 보였다. 그 모습에 나는 산소가 희박한 3,200미터 고지대에서 웃느라 하마터면 숨이 넘어갈 뻔했다. 마지막으로 너의 가방에서 나온 건 유리병에 담긴 차이신(차이신 혹은 초이삼이라 불리며 중국, 타이완, 홍콩 등에서 모두 즐겨 먹는 채소)이었다. 너는 의기양양하게 말했다.

"봐, 네가 뭘 좋아하는지 내가 잊지 않았지?"

세상에나, 유리병을 설산까지 메고 오다니, 나는 너를 아낌없이 칭찬해 주었다.

이후 나에게 세뇌당한 너는 결국 경량 '하이퍼라이트' 배낭으로 갈아탔다. 그런데 역시나 60리터짜리 대형 배낭이었다. 나는 짐 싸는 방식을 달리하지 않으면 아무리 배낭을 바꿔도 영원히 거기에 깔려 죽을 거라며 너를 놀려댔다.

하지만 나는 알고 있다. 그게 바로 너란 사람인 걸. 너는 철저한 계획주의자다. 언제나 세심하고 빈틈없으며, 예상 가능한 것, 예상치 못한 것 어느 것 하나 빠뜨리는 법이 없다. 메시지에는 항상 칼같이 답을 보내고, 메일은 한 자 한 자 꼼꼼히 살핀 뒤에야 발송하며, 쪽지 한 장도 석판에 새기듯 온 힘을 다해 작성한다. 너는 지금껏 그런 방식으로 너의 인생을 살아왔다.

너는 모든 좋은 것과 나쁜 것을 삶이라는 이름의 배낭에 넣는다. 미안함과 부끄러움도 다 배낭에 넣는다. 너는 오해를 받으면 자기가 흘린 눈물에 빠져버린다. 가득 찬 눈물에 마음이 무거워져 배낭을 멜 수 없을 때까지, 걸음을 뗄 수 없을 때까지. 나는 바로 그때 너를 만났다. 한데 합쳐진 인생의 물줄기가 너를 맞이하러 나를 보냈다. 내 앞에서 너는 삶의 배낭을 내려놓고 꼭꼭 채워 넣은 비밀을 하나씩 꺼내 보였다. 그래서 나는 네가 가진 삶의 과제를 직시할 수 있었다.

네가 사랑에 집착할 때, 네가 사랑을 회피하는 데 집착할 때 내가 얼마나 가슴이 아픈지 어떻게 말해줘야 할까. 너와 포옹할 때 좋아한다는 말을 나는 또 어떻게 삼켜야 할까. 내가 너를 좋아해서 또다시 네 몸의 가시가 스스로를 찔러 상처 입을까 두렵다. 우리는 정말 서로 많이 닮았다. 고독과 외로움을 감추는 데 익숙해져서 있는 그대로 말하는 법도 잊고 자신이 진정한 사랑을 받을 가치가 있다는 사실도 잊고 있다.

너의 어깨를 짓누르는 무게, 그 배낭. 네가 얼마나 나를 그 안에 함께 넣고 싶어 하는지, 나의 사랑과 호감과 진심까지 담고 싶어 하는지 잘 안다. 너 역시 꿀을 가장 많이 모으려고 하는 욕심 많은 꿀벌이다. 나는 너의 불안을 알고 있다. 불안 때문에 나를 혼자 보내지 못하고, 사실 홀로 걷고 싶다는 너의 비밀을 내가 눈치챌까봐 또 불안해한다. 내가 자꾸만 의지하고 원하면 너는 어쩔 수 없이 가장 나쁜 사람을 자처한다. 그렇게도 아름답고 선량하게 나빠져서는 결국 내가 더 이상 너에게 잘해 주지 못하게 만든다.

나는 그때 그 산 정상을 잊을 수 없다. 서로 마주 본 우리 얼굴에서는 눈물이 흘러내렸다. 안개와 구름이 산 능선 양쪽에서 피어오르고, 안개비가 이따금씩 얼굴을 두드렸다. 우리는 무언가를 넘고 넘어서 이곳에 도착했다. 그건 삶이

예정해 둔 만남이며, 그 만남은 서로를 통해서 자신으로 돌아가라는 임무를 부여했다. 그리고 이번에 나는 용감해지기로 결심했다. 다시는 사랑에서 도망치지 않고, 너를 건네받아 내가 짊어지게 해 달라고 기도했다.

지금부터 너는 나의 배낭이다. 네가 무엇을 넣든 그 무게가 내 삶의 무게가 될 것이다. 나는 너를 짊어지고 깎아지른 듯한 바위를 오르고, 봉우리를 넘고, 별도 달도 없이 캄캄한 어둠 속을 걸을 것이다. 과거 네가 사랑했던 사람과 상처 입은 마음, 너의 깊은 골짜기와 어두움과 균열 그리고 이따금씩 나빠지는 모습까지 모두 짊어지고 걷겠다.

나는 너를 메고 수없이 많은 산을 오르고 강을 건너서 결국 네가 사랑과 만날 때까지 걷고 또 걷겠다.

一 雲稜山莊 4.9k

한 사람의 배낭이 말해 주는 것

한 사람의 배낭은
그의 세계관을 압축해서 보여준다.
잘 먹고, 잘 입고, 잘 자기.
얇은 책 한 권, 향기로운 차 한 잔.

단순한 사람의 배낭도 복잡할 수 있다.
다른 사람을 위해 짊어진 세심한 배려들로 가득 차 있다.
복잡한 사람의 짐도 가벼울 수 있다.
선택할 필요 없는 단순한 나날을 꿈꿔 왔다.

바라건대,
복잡한 사람은 단순하게 생각할 줄 알고.
단순한 사람은 복잡한 마음으로 들어갈 줄 알게 되기를.

산을 오르며 나는 내가 좋아졌다

나는 더 나은 내가 되기 위해 계속 연습 중이다.
아주 조그마한 발전에도 더없이 기쁘다.
남들이 나를 좋아하든 말든 나는 이런 내가 좋다.

일반적으로 여성은 남성에 비해 체력적인 약점을 더 많이 지니고 있다. 그런 여성이 장시간 무거운 짐을 지고 버텨내려면 상반신의 힘을 길러야 하며, 팔과 등에도 근육이 단단하게 잡히도록 훈련해야 한다. 동시에 복합적인 운동인 등산은 전신의 협응과 균형이 무엇보다 중요하므로 허벅지 근력 훈련도 반드시 해야 한다. 평상시에는 수영이나 걷기 같은 유산소운동을 꾸준히 하면서 기초 체력을 다져놓을 필요가 있다. 이는 높은 고도의 산간 지대를 걸을 때 심장의 활동을 강화하기 위한 필수 요소다.

이렇듯 평소 열심히 운동하면서 체력 관리를 한다 해도 며칠에 걸쳐 15킬로그램이 넘는 배낭을 짊어져야 하는 상황에 직면했을 땐 자신감이 급격히 떨어지고 산과 마음의 거리 또한 점점 더 멀어지기 일쑤다.

나는 처음 등산을 시작했을 때 애를 많이 먹었다. 과거 대학 운동부 시절 훈련을 하다가 높은 곳에서 떨어지면서 등에 생긴 상처 때문이었다. 무거운 짐을 질 수 없다 보니 등에 짊어지는 무게를 최대한 줄여야 했기에 경량화 연구에 몰두했다. '장비'와 관련해 이런저런 시행착오를 겪으면서 몇 년간 비싼 수업료를 지불한 결과, 과거의 안락함과 싸우는 일 외에도 굳어진 습관을 청산하는 게 무엇보다 중요하다는 사실을 깨달았다. 생각하기, 해체하기, 분석하기, 재정비하기. 이런 과정을 거쳐 내 마음에서 낡은 관념을 완전히 몰아내야 한다. 이는 장비를 조사하는 일보다 훨씬 어려우며 그 어떤 것보다 고된 배움의 길이다.

시간을 들여 생각을 정리하는 일보다 중요한 건 내 앞을 가로막고 있는 욕망과 욕심, 미련을 잘라내고 떠나보내는 일이다. 그러려면 모든 방면에서 용감하고 성실하게 자신의 내면과 대면할 수 있어야 한다. 이는 자신의 가치관을 뒤흔드는 과정이라 결코 만만치 않기에 현기증과 고통을 수반한다. 심지어 삶의 여러 부분으로 확산하면서 인생의 수많은 중요한 순간으로 우리를 돌아가게 만든다. '하고 싶은 것'과 '할 수 있는 것' 사이에서 고민하던 순간, '만족'과 '결핍'에 관한 나만의 정의를 알아챈 순간, 나의 약함과 성숙하게 대면하던 순간, 새로운 신념을 세우던 순간으로 돌아가게 하는 것이다.

이것이야말로 내가 산에 오르면서 얻은 최고의 수확이다. 가장 중요한 장비는 바로 나 자신이라는 사실을 깨달

은 것이다. 다른 사람의 관심이나 인정을 얻기 위해서가 아니라 바로 나 자신을 위해 더 많은 시간을 투자하고 싶어졌다. 나는 더 나은 내가 되기 위해 계속 연습 중이다. 아주 조그마한 발전에도 더없이 기쁘다. 나는 나이며, 나의 좋은 점도 나쁜 점도 모두 내 것이라는 사실을 이해하기 시작했다. 남들이 나를 좋아하든 말든 나는 그냥 이런 내가 좋다.

　나는 내가 얼마나 약한지 또 얼마나 용감한지 잘 안다. 그리고 언젠가는 나답게 살게 되리란 것 역시 알고 있다.

오직 산과 함께할 수 있기를 바랄 뿐

모든 산과 길은 나의 연인이다.
하지만 그들은 여태껏 한 번도 내 소유였던 적이 없다.
나는 그저 그들을 사랑하는 순간,
끌어안는 매 순간을 소중히 여길 뿐이다.

매번 길을 나서기 전의 준비 과정은 나를 큰 행복감에 휩싸이게 한다. 마치 모든 게 불확실한 모호함에서 절정의 순간으로, 사랑의 순간으로 다가가는 듯하다.

여름날 저녁, 그는 검은빛 호수로 너를 데리고 간다. 무채색 어둠 속에서 보이는 건 떠다니는 안개뿐이다. 너는 그가 바짝 긴장하고 있다는 걸 알고 있다. 그의 호흡과 심장 박동이 말해 주고 있다. 그는 너에게 세상 모든 걸 주고 싶어 한다. 한마디 말이면 둘은 깊이 포옹할 것이다. 마치 이 포옹을 위해 지금껏 살아온 것처럼.

곧 들판을 태울 듯 사랑이 불타오르겠지만 아직은 아니다. 이제 곧 진격할 기세지만 아직은 아니다. 뚫어질 듯 응시하며 곧 입을 열 것 같지만 아직은 아니다. 닿을 듯 말 듯한 두 손은 곧 맞잡을 것 같지만 아직은 아니다. 세상 모든 꼭대기가 이제 곧 불을 밝힐 태세지만 아직은 아니다. 이제 얼마 후면 숲속 모든 새들이 깨어나 일제히 노래하겠지만 아직은 아니다. 모든 벚꽃들이 단숨에 꽃망울을 터뜨리기 위해 숨을 가다듬고 있지만 아직은 아니다.

대략 이 정도의 행복감이다. 또한 대략 이 정도의 불확실함이다. 준비는 다 되었지만 확신할 수는 없다. 앞으로 한 발 내딛지만 마음이 놓이지는 않는다. 조금씩 나아가 보지만 이렇게 하는 게 맞는지 틀린지 잘하는 건지 아닌지 모른다. 그렇게 짐을 싸면서 계속 상상한다. 이번에 가는 그 산에서는 어떤 풍경이 펼쳐질까.

트레킹은 다른 여행과 다르다. 유명 관광지나 맛집을 기준으로 동심원을 그려나가지 않는다. 트레킹을 떠날 때는 자료를 잔뜩 펼쳐놓고, 수평 이동 거리와 수직 해발 고도, 걷는 시간, 호수 근처 야영지를 전부 고려하여 계획을 짠다. 반면 다른 여행과 비슷한 점도 있다. 계획이 늘 변화를 따라가지 못한다는 것이다. 출발하는 순간 어떤 일도 예측할 수 없으며 유일하게 변하지 않는 건 자신뿐이라는 사실을 깨닫는다.

아니다. 어쩌면 우리 자신조차 변한다. 현재 나이를 잊어버리고, 학창 시절 체육수업 때 장거리 달리기 성적만큼 체력이 좋아진다. 지난번 걸었던 100킬로미터의 여정, 아직도 어깨에 남아 있는 그 느낌을 잊지 못해 두 번째 여름 출발을 앞두고 벌써 최신 장비를 만지작거린다. '아웃도어 리서치'의 방수 등산 모자, '스마트울'의 250파운드 양털 바디 핏, '블랙다이아몬드'의 아이젠, '페츨' 350루멘 헤드랜런, '마무트'의 비브람 등산화. 이들은 마치 갓 태어난 아기 눈동자처럼 반짝거리며 자신을 세계 곳곳으로 데려가 주길 기다리고 있다.

이렇게 나는 출발 전 흥분 상태에 빠져서는 도무지 헤어 나오질 못한다. 불가항력적 현상이라는 게 과학적으로 증명되기는 했지만, 우리 뇌 속에서 도파민이 벌이는 장난 때문에 모든 어려움을 과소평가하고 만다. 앞으로의 여정에 목숨을 걸어야 할 만큼 엄청난 고난이 도사리고 있다 해도 나는 할 수 있다고 굳게 믿는다. 영하 10도, 적설량 200센티미터, 해발 4,400미터, 배낭 무게 25킬로그램. 매일 25킬로미터의 행군. 이렇게 애초에 실현 불가능한 무리한 계획을 거리낌 없이 세운다. 이뿐만이 아니다. 아무런 의미도 없는 다양한 식사 계획을 열심히 세운다. 아침에는 땅콩 잼 바른 쥐안빙(중국식 타코) 반 개, 점심에는 에너지바 두 개, 저녁에는 라면 한 개. 혹은 아침에는 베이글 반 개, 점심에는 에너지바 한 개 반과 뜨거운 국물, 저녁에는 건조밥 반 봉지. 전혀 나아질 기미가 보이지 않는 이 같은 계획이 여행에 대한 자신감을 한층 높여준다.

이보다 더 불확실할 수는 없다. 필사적으로 운동하고 체중 관리를 하면서 몸 상태를 확인하는 데 더 많은 시간을 사용한다. 혹은 그 길을 걸으면 내가 얼마나 기쁘고 행복할지 매일 환상에 빠져 지낸다. 길 위의 모든 날씨가 나의 결정을 좌우한다. 눈이 내린다면 등산용 피켈과 아이젠을 배낭에 챙겨 넣는다. 비가 내릴 예정이라면 양모 양말이 추가된다. 해빙기라면 방충 모자와 반바지를 준비한다. 나는 이 모든 것에 끌려다니기를 원한다. 나 자신은 없어도 된다. 오직 내가 길과 함께할 수 있기를 바랄 뿐이다.

모든 산과 길은 나의 연인이다. 나는 그들의 아주 작은 부분까지 간절히 알고 싶다. 그들에게 나를 맞출 수 있을지 알고 싶다. 하지만 그들이 여태껏 한 번도 내 소유였던 적이 없다는 것도 알고 있다. 나는 그저 그들을 사랑하는 순간, 끌어안는 매 순간을 소중히 여길 뿐이다.

그래서 가끔은 그 불확실함 속에 좀 더 오래 머무르고 싶다. 그 마법 같은 순간에는 내가 누구와 있든 전혀 중요하지 않다. 바로 이 순간, '우리'는 그와 나이며, 말하지 않아도 통하는 친밀감은 찬란하게 아름답기만 하다.

혼자 걷는 산이 주는 자유

홀로 있을 때는 내 안의 약함이 가장 쉽게 드러난다.
하지만 그 약함으로 산을 걸을 때야말로 가장 완벽하다.

휘청거리던 날들, 눈부신 청춘, 이 모두가 직장에 들어간 후로 순간 멈추어 버렸다. 남은 거라곤 월요일부터 금요일까지 컴퓨터와 휴대전화에 갇혀 살면서 시들어버린 영혼과 풍만해진 엉덩이뿐이었다.

일을 하면서부터 주말에만 산에 오를 수 있게 되었다. 산행은 운이 따라야 하는 일이다. 간혹 운이 나빠 몇 달째 주말마다 비가 쏟아진다거나 산장 숙박 추첨에 떨어져서 오랫동안 산에 가지 못한 주말이면, 토요일 새벽 3시에 아무 이유 없이 눈이 떠진다. 이리저리 뒤척이다가 아예 자리를 박차고 일어나서 기분 좋게 식빵을 굽고, 베이컨을 굽고, 감자 계란 샐러드를 섞는다. 그리고 '트란지아' 사각 도시락에 담아 양상추를 곁들인 뒤 커피 핸드 드리퍼를 챙겨 집을 나선다.

지아리산, 단란고도, 황진스렁, 위안쭈이산, 하펀고도, 구관치슝 같은 하루에 왕복 가능한 하이킹 코스나 소백악(타이완의 100대 명산을 '백악'이라 부르며, 위산, 쉐산 등이 여기에 들어간다. 소백악은 작은 백악을 일컫는다)은 혼자 걷기에 제격이다. 모여든 바람이 새벽 안개를 단숨에 날려버리고, 하늘 가득 흩날리는 낙엽은 마치 꿈속을 걷는 듯하다. 모든 산은 하나의 선

율이고, 한 곡의 노래며, 한 권의 시집이다. 홀로 있을 때는 내 안의 약함이 가장 쉽게 드러난다. 하지만 그 약함으로 산을 걸을 때야말로 가장 완벽하다.

현실에서 우리는 누구나 혼자다. 늘 어디쯤 서 있어야 할지 모르고, 내가 가진 것들을 선택해 본 적도 없다. 항상 원망 섞인 헐뜯음에 시달리며 가슴은 무너져 내린다. 그러다 결국 능력도 부족하고 약해빠졌다고 비난을 받는다. 하지만 우리는 산봉우리 몇 개는 거뜬히 넘으며, 능숙하게 산으로 걸어 들어가고, 나의 작고 보잘것없음과 마주할 줄 안다. 산은 우리가 길을 잃으면 별을 보내주고 시냇물을 흘려보내며, 부는 바람과 부러진 나뭇가지로 우리의 선택을 돕고 나아갈 방향을 인도한다.

풍성한 모습을 지닌 숲속 오솔길을 낙엽을 밟으며 홀로 천천히 걷는다. 혼자서 걷는 산은 이토록 편안하고 자유롭다.

외로움 속에서 알게 된 것

언제든 출발 가능.
만약 혼자라면
최고의 시작은 아니어도
최고로 잊지 못할 여정이 될 것은 분명하다.

하지만 때론 외로움 속에 깨닫는다.
고독은 지나치게 미화되었다고.

텐트에 비친 그림자

나는 텐트를 짊어지면 안정감과 귀속감을 느낄 줄 알았다.
해가 뜨고 지면, 달이 차고 이지러지면,
삶이 나에게 이런 과제를 준 이유를 깨닫게 될 줄 알았다.

새벽 4시 알람 소리에 부스럭대며 침낭 속에서 일어난다. 'MSR 허바허바' 텐트 안으로 새벽의 은은한 회색빛이 새어 들어온다. 눈을 가늘게 뜬 채 손을 뻗어서는 앞쪽에 놓인 작은 주머니에서 헤드랜턴을 꺼내 머리에 끼운다. 왼편에 놓인 '파타고니아' 다운 점퍼를 걸치고, 침낭 끄트머리에 박아 두었던 깨끗한 양말을 꺼내 신는다. 몸을 일으켜 앉자 머리가 텐트 꼭대기에 닿는다. 습하고 차가운 텐트 안 공기가 지난밤 호숫가에서 야영했음을 일깨워준다. 안개가 서늘하다. 잠자기 전 침낭 오른편에 두었던 보온병의 물이 아직 따뜻하다. 체온보다 1도 정도 높아 딱 마시기 좋다.

나는 멍하니 앉아 헤드랜턴에 비친 텐트 위 내 그림자를 바라보았다. 오늘의 25킬로미터가 다시 시작된 것이다.

장거리 트레킹은 보통 수십 일이 걸리기 일쑤며 거리는 수백 킬로미터에 오르막과 내리막은 타이베이101(101층으로 지어진 타이완의 대표적인 마천루) 빌딩 수백 개를 오르내리는 것과 맞먹는다. 출발 전 나는 막연히 장거리 이동이 상당히 낭만적인 여정일 거라고 생각했다. 짐을 등에 짊어지고, 시간을 발아래로 흘려보내면서 매일 걸음을 내딛는다.

하지만 실제 트레킹이 시작되자 생각했던 것보다 훨씬

피곤하고 힘들었다. 하루 종일 그렇게 걷고 나면 다들 배낭을 벗어 둔 채 나란히 모여 앉는다. 다리를 주무르고 등산화를 샌들로 갈아 신으면서 서로 물을 따라주기도 하고 방금 고생하며 넘어온 산봉우리를 원망하기도 한다. 반면 나는 한숨 돌릴 새도 없이 바로 배낭을 열고 텐트를 끄집어내서는 부랴부랴 텐트를 치기 시작한다. 쪼그리고 앉아서 눈대중으로 야영지의 수평을 재고, 여기저기서 돌덩어리와 나뭇가지를 모아 온다. 해가 지는 각도를 재어 보면서 내일 태양이 뜨는 방향까지 계산한다. 나는 늘 이렇게 텐트를 치고 침낭을 펼쳐놓은 뒤에야 겨우 한숨을 돌리곤 한다.

잠자기 전에는 항상 텐트 안에서 헤드랜턴을 켠다. 오늘 걸은 거리와 속도를 확인한 뒤 목표 지점까지 남은 거리를 기준으로 내일의 산행과 도착 가능한 야영지, 일몰 시간까지 계산한다. 남은 식량을 확인해 세 끼 식사를 분배하고, 얼어서 고장 난 물 정화기를 고치는 방법을 고민한다. 그리고 만일의 사태에 대비해 카메라 메모리 카드의 사진을 휴대전화에 백업해 두고, 오른쪽 엄지발가락에 잡힌 물집까지 꼼꼼하게 점검한다. 이렇게 하루가 저물고 다시 새로운 하루가 시작되면 집을 허문다. 그리고 얼마 후엔 또다시 집을 세운다. 그리고 그 안에 누워서 열흘 넘게 감지 않은 머리 냄새를 맡으며 생각에 잠긴다.

'나는 왜 여기에 있는 걸까? 대체 지금 뭘 하고 있는 거지?'

나는 텐트를 짊어지면 안정감과 귀속감을 느낄 줄 알았다. 하지만 먼 길을 걸으면서 오히려 내 안의 두려움과 망설임을 알게 되었다. 해가 뜨고 지면, 달이 차고 이지러지면, 삶이 나에게 이런 과제를 준 이유를, 사는 게 늘 어려운 이유를 깨닫게 될 줄 알았다. 그런데 이렇게 오랫동안 걸어왔는데도 여전히 두려움과 망설임이 교차하며 절대적인 하늘의 계시는 주어지지 않았다. 나는 무엇을 원하는가? 나에게 필요한 건 무엇인가? 대체 누가 누구에게 선택을 당하는가? 나는 정말 하나의 선택지일 뿐인가? 아무리 걸어도 길은 별을 통해 나에게 답을 알려주지 않았다.

오늘 잠에서 깼을 때 우두커니 앉아 헤드랜턴에 비친 텐트 위 내 그림자를 바라보았다.

그러다 갑자기 이런 생각이 들었다. 어쩌면 나는 아무것도 얻지 못할지 모른다. 어쩌면 존 뮤어 트레일(미국 요세미티 산맥에서 시작해 시에라네바다 산맥을 거쳐 미국 최고봉인 휘트니 산에 이르는, '걷는 자의 꿈'이라고 불리는 358킬로미터의 하이킹 코스)의 358킬로미터를 완주한다 해도 나는 여전히 예전 그대로의 나이며, 어떤 깨달음도 방향도 얻지 못할지 모른다. 모르는 건 여전히 모르고, 똑같이 여러 선택지 중 하나에 불과할지 모른다. 그래도 상관없다. 기다리면 태양은 정확히 이 각도에서 떠오를 것이고, 해가 지기 전 나는 변함없이 텐트를 칠 것이다.

나는 이 길을 나와 함께 걷는다. 내가 바로 나의 집이다. 나는 이미 나의 불안이 그저 불안일 뿐이며 나의 걱정이 그저 걱정일 뿐 그 어떤 것도 내가 아니라는 사실을 알고 있다.

아마도 이것이 내가 여기에 있는 이유일 것이다.

02
조금 괴로워도 무리가 되더라도

2시간 넘게 자갈 비탈길을 기어오른 뒤에
두 발이 평탄한 산길을 내딛는 순간,
감격에 겨워 하늘을 날아오를 것만 같았다.
지금도 그 느낌을 잊을 수 없다.
그리고 가슴 깊이 느꼈다.
세상이 아무리 나를 거세게 밀어붙여도 나를 날아오르게 하는 힘은
언제나 내가 나에게 주는 것이며 다른 데 있지 않다는 사실을 깨달았다.

또다시 어디론가 출발할 테니까

"중앙젠 어땠어?"
한참 뒤에 그가 물었다.
"내 평생에 한 번이면 충분해."
"나도 그래."
우리는 함께 소리 내어 웃었다.
하지만 마음 깊은 곳에서는 이미 알고 있었다.

중양젠.

트레커들 사이에서 난이도 9.5로 분류되는 중양젠은 해발고도는 3,705미터로, 타이완 3대 뾰족 산 중 으뜸이다. 남쪽은 무너져 내리는 험준한 절벽에, 북쪽 역시 깎아지른 듯 가파른 절벽이다. 칼날처럼 뾰족한 원뿔 형태이며, 타이완 '백악' 중에서도 11위에 해당한다. 숲길, 협곡, 계곡 길, 암벽, 자갈 비탈길 등 각종 지형을 한 번에 모두 체험해 볼 수 있는 트레킹 코스다. 그야말로 중양산맥에서 최고로 험난한, 가장 눈에 띄는 랜드마크라고 할 수 있다. 난후시산장, 중양젠시산장, 샹구 숙소 야영지. 출발 전 이 세 곳의 이름을 처음 들었을 때 문득 의문이 들었다. 모두 산장인데 왜 텐트를 챙겨가야 하지? 그 답은 거의 기어오르다시피 해서 난후시산장에 도착했을 때 즉시 알게 되었다. 첫째 날 코스는 난후다산처럼 오르락내리락이 이어졌고, 가까스로 산의 가장 낮은 안부(산의 능선이 말안장 모양으로 움푹 들어간 부분)에 도착했을 때는 너무 힘들어 그냥 거기에 텐트를 치고 싶었다. 하지만 다시 길을 재촉해 얼마 후 드디어 난후시산장에 도착했다. 나는 산장 안을 찬찬히 둘러보았다. 침대에는 두께가 제멋대로인 나무판이 드문드문 깔려 있고, 벽은 세 면이 이미 무너져 내려서 방수포와 나무 막대로 간신히 지탱해 놓은 상태였다. 햇살과 바람이 나무 막대기들 사이로 스며들고, 아른거리는 조명과 살랑거리는 산바람으로 산장 안은 낭만적인 분위기가 감돌았다. 두 다리가 이미 내 다리가 아니었던 터라 이렇듯 초라한 산장도 나에겐 최고급 호텔처럼 느껴졌다. 힘들게 텐트를 쳐야 한다는 점만 빼면 정말 모든 게 좋았다.

다음 날은 한밤중에 얼어붙은 2월 말의 중양젠 계곡을 연이어 건너는 일정이었다. 이른 새벽, 어둠 속을 더듬어가며 손발을 총동원해 계곡의 미끄러운 빙폭을 기어오르고, 구르는 자갈과 쓰러진 나무를 밟으며 계곡을 따라 전진하고, 산 정상을 넘어 숲길을 지나고, 밧줄을 잡고 기어오르고 점프했다. 그 길은 셋째 날 새벽까지 이어졌고 그때까지 중양젠은 모습을 드러내지 않았다. 거의 3시간에 걸쳐 거슬러 오른 끝에 드디어 중양젠의 계곡을 벗어날 수 있었다. 그리고 막 모퉁이를 돌자 자갈 비탈길 하나가 내 앞에 서 있었다.

그건 내가 본 중에서 땅과 가장 수직을 이룬, 끝이 보이지 않는 비탈길이었다. 하늘을 찌를 듯 수직으로 우뚝 솟아 있는 이 거대한 길 앞에서는 위산의 자갈 비탈길도, 난후다산, 쉐산의 북봉, 추이츠의 자갈 비탈길도 그저 귀엽고 깜찍할 정도였다.

　"길이 서 있네."

　나는 고개를 돌려 웨이하오를 보았다. 장신의 그조차도 목을 길게 빼고 고개를 뒤로 젖힌 채 힘겹게 길을 바라보고 있었다. 한마디로 이건 말도 안 된다는 표정이었다. 그는 좀 더 자세히 보려는 듯 눈을 가늘게 뜨고서 갑자기 눈앞에 등장한 이 길이 혹시 환각은 아닐까 확인했다.

　중양젠, 이 길을 걷는 내내 나는 그를 향해 다가갈 뿐 실제 모습은 한 번도 보지 못했다. 산의 어떤 보살핌도 받지 못했으며, 아주 작은 자신감도 허용되지 않았다. 상냥함과 선량함이라고는 찾아볼 수 없는 그는 지름길을 내주지도 비결과 요령을 알려주지도 않았다. 3일 밤낮을 쉬지 않고 걸어야 겨우 그 전모를 엿볼 수 있었다. 중양젠은 네 머릿속을 가득 채우고 있는 그 사람이나 그 일, 그 생각과 비슷하다. 혹은 허겁지겁 쫓는 명성이나 구르고 깨지면서 이루는 꿈, 간절히 원하지만 얻을 수 없는 사랑일 수도 있다. 그

것이 무엇이든 하나같이 중양젠처럼 자리에 주저앉아 생각에만 빠져 있도록 두지 않는다. 길을 나서서 육체가 고갈되고 체력이 소진되는 여정을 경험하게 만든다.

중양젠 삼각점을 마주했을 때도 이 '서 있는 길'을 완주했을 때만큼 가슴이 벅차지는 않았다. 2시간 넘게 자갈 비탈길을 기어오른 뒤에 두 발이 평탄한 산길을 내딛는 순간, 감격에 겨워 하늘로 날아오를 것만 같았다. 지금도 그 느낌을 잊을 수 없다. 그리고 가슴 깊이 느꼈다. 세상이 아무리 나를 거세게 밀어붙여도 나를 날아오르게 하는 힘은 언제나 내가 나에게 주는 것이며 다른 데 있지 않다는 사실을 깨달았다.

산을 내려오는 길에 샹구 야영지가 이미 가득 차서 계곡 쪽 중양젠시산장 야영장으로 되돌아왔다. 저녁 야영장의 모닥불이 높이 타오르자 사람들은 그 둘레에 모여 앉아 이야기꽃을 피웠다. 나는 설거지를 마치고 혼자 계곡 가로 가서 앉았다. 멀찌감치 불빛에 비쳐 텐트 몇 개가 밝게 빛났다. 어둠 속을 졸졸거리며 흐르는 시냇물, 물속에서 자갈이 나지막하게 바각대는 소리, 골짜기에 잘린 좁고 기다란 밤하늘에 총총 박혀 있는 별들, 이 모든 게 신의 선물인 것만 같았다.

언제 왔는지 웨이하오가 내 옆에 가만히 앉았다. 늘 그렇듯 아무 말도 하지 않았다. 우리는 그렇게 말없이 시시포스가 밀어 올리는 돌처럼 거대한 바위 위에 나란히 앉았다. 이따금 불어오는 계곡 바람에 나뭇가지들이 속삭거렸다.

"중양젠 어땠어?"

한참 뒤에 그가 물었다.

"내 평생에 한 번이면 충분해."

"나도 그래."

우리는 함께 소리 내어 웃었다. 하지만 마음 깊은 곳에서는 이미 알고 있었다. 이 산을 내려가면 우린 또다시 어디론가 출발할 것임을.

낯선 산속에서 길을 잃다

이때 나는 무기력감에 휩싸였다.
그 원인은 나의 경솔함과 의존심과 낙심 때문이었다.
길이 끊임없이 허물어지고 바뀌는 산길에서
항상 사진을 찍어두었어야 했는데
부주의한 나는 그렇게 하지 못했고
결국 길을 찾는 데 아무 도움도 되지 못했다.

남들이 한 번도 보지 못한 나무를 보고 싶었다.

바람이 불어오면 나뭇가지와 잎들이 물풀처럼 일렁거리고 두텁게 쌓인 솔잎은 꿈조차 잊은 채로 잠들게 만든다. 산에 갈 때마다 다른 이들이 본 적 없는 나무를 보고 싶었다. 하지만 길을 잃어버릴까 두려웠다.

그런데 무수한 별이 반짝이는 즈자양다산에서 나는 그만 길을 잃고 말았다.

아직 별빛이 희미하게 내리비치고 있는 새벽 5시에 우리 일행 다섯 명은 출발했다. 쓰지란 계곡의 흔들다리를 시작으로 낙차 1,700미터가 넘는 공포의 오르막길을 오르기 시작했다. 그런데 일행 중 한 명이 너무 빠르게 오른 나머지 심각한 고산 반응 증세를 보였고 결국 우리는 팀을 나누기로 결정했다. 나와 YO는 계속해서 산을 오르고 나머지는 그만 철수하기로 한 것이다. 정오 무렵이 되어서 우리 둘은 즈자양다산의 삼각점에 도달했다. 날씨가 맑아서 멀리까지 내다보였고, 구름 한 점 없이 청명한 가을 풍경에 마음까지 상쾌해졌다. YO의 뒤를 쫓아온 검은 개도 기분이 좋은지 폴짝폴짝 뛰었다. 하지만 우리는 먼저 철수한 동료들이 마음에 걸려 사진만 몇 장 찍고 곧장 산을 내려왔다.

나는 내리막길보다는 오르막길에 강한 편인 데다가 즈자양다산을 내려가는 길은 하나같이 가파른 비탈길이었다. 과거 과도한 풀코스 마라톤 연습이 남긴 내 오른쪽 무릎 상처와 온통 길을 덮고 있는 축축하고 미끄러운 솔잎 때문에 시간이 지체되면서 제4호 철교에 도착했을 때는 이미 하늘색이 어두워지고 있었다.

나와 YO는 제3호 철교를 향해 서둘러 걸음을 옮겼다. 이번 즈자양다산 등반은 일정이 조금 빡빡한 편인 데다가 혼자 오른 경험이 있는 웨이하오가 팀을 이끌기에 나와 YO는 인터넷상의 관련 자료만 캡처를 해 두었을 뿐 평소처럼 꼼꼼하게 GPS궤적도를 다운받지 않았다. 그런 상황에서 맞이한 산속의 어둠은 나와 YO에게 충분히 위협적이었다.

정오에 산 정상에 도달한 후 내려오면서 나는 웨이하오와 줄곧 연락을 취했다. 하지만 그렇다고 즈자양다산의 전 구간에 대한 정보를 받을 수는 없기에 집합 장소조차 정확히 파악할 수 없었다. 나는 점차 불안해지기 시작했다. 게다가 계속 가파른 내리막길이 이어지면서 오른쪽 무릎 상처의 통증이 극심해졌고 시간은 더욱 지체되었다. 해질 무렵이 되자 골짜기에서는 안개가 피어올랐다. 나는 올라올 때 지나왔던 복잡하게 뒤엉킨 과수원 나무숲과 채소밭 오솔길을 기억해내려 애썼다. 생각하고 또 생각했지만 전혀 기억이 나지 않았다. 나와 YO는 아무 말 없이 황급히 길을 재촉했고 평탄하고 널찍한 양배추 밭에 들어섰다. 어둠은 이미 짙게 내려앉아 있었다. 우리는 팽이처럼 돌면서 사방을 두리번거렸고 낯선 길을 알아내보려 애썼다. 정말로, 길을 잃고 만 것이다.

웨이하오와 함께 먼저 하산했던 동료들을 마침내 찾아내기는 했지만 그들 역시 완전히 방향 감각을 잃고 헤매는 중이었다. 저 멀리서 헤드랜턴을 밝힌 또 다른 무리가 보였다. 멀리 과수원에서 이리저리 왔다 갔다 하며 길을 찾고 있었다. 결국 아예 모두 한곳에 모이기로 했다. 그렇게 서로 잘 모르는 사람들이 모여서 어디로 뚫고 나가야 할지 필사적으로 기억을 되살려보기 시작했다. 이미 12시간을 걸어온 나는 눈앞이 흐릿했지만 굴러가지 않는 머리로 나무한 그루, 작은 오솔길이라도 생각해내려 애썼다. 하지만 어디선가 들려오는 시냇물 소리의 방향, 멀리 보이는 양철지붕과 거리 등 아무것도 가늠이 되지 않았다.

우리는 각자 몸에 지니고 있는 종이지도, GPS궤적도, 휴대전화의 구글맵을 일제히 펼쳐놓았다. 하지만 어떤 것도 빽빽하게 우거진 과일나무들 사이에서 길을 찾아주지는 못했다. 나는 무기력감에 휩싸였다. 그 원인은 나의 경솔함과 의존심과 낙심이었다. 길이 끊임없이 허물어지고 바뀌는 산길에서 항상 사진을 찍어두었어야 했는데 부주의한 나는 그렇게 하지 못했고 결국 길을 찾는 데 아무 도움도 되지 못했다.

그런 와중에 저 멀리서 외국인 노동자 한 명이 오토바이를 타고 다가왔다. 영어도 중국어도 할 줄 모르는 그는 손짓 발짓 섞어가며 폭이 50센티미터 정도 되는 좁은 오솔길로 우리를 데려다주었다. 물이 분사 중인 과수원 나무숲을 뚫고 나와 눈에 익은 길을 만나자 그제야 우리는 안도의 한숨을 내쉬었다.

허리를 굽히고 과수원 나무들 사이를 빠져나오는데 가슴속에서 돌연 두려움이 일었다. 내가 두려웠던 건 나를 기다리고 있는 계곡 옆의 가파른 내리막길이 아니었다. 그건 바로 캄캄한 밤이었다. 내 앞에는 YO가 걷고 있었고, 늘 그렇듯 대열의 맨 뒤에서는 웨이하오가 우리를 지키며 걸어오고 있었다. 어두운 밤, 안개가 피어오르고 계곡 길은 비좁고 미끄러웠다. 갑자기 걱정이 된 나는 헤드랜턴을 벗어 빛이 없는 웨이하오에게 건네주고는 자진해서 맨 뒤로 가서 호위하는 역할을 맡았다. 하지만 오른쪽 무릎 통증 때문에 대열과 멀어지며 뒤처지자 마치 나 홀로 깊은 골짜기를 오르는 것 같았다. 헤드랜턴은 또렷하고 환한 원을 그렸다. 그리고 그 원 밖의 어둠은 발소리와 숨소리를 모두 집어삼켜 버렸다. 나는 사람을 꼼짝 못하게 붙잡는 것 같은 그 어둠에 불안감을 느꼈다. 그 불안감이 모든 길을 잘못 들어선 길로 바꾸었고, 내 마음을 험준하고 흐릿한 원 안에서 맴돌게 했다.

타이베이로 돌아왔을 때는 이미 새벽 2시가 넘은 시각이었다. 몸은 극도로 피곤한데 잠이 오지 않아 밤새 이리저리 뒤척였다. 그렇게 즈자양다산을 내려온 후 며칠 동안 마음속에서 무언가 일렁거렸고 흐느껴 울었다.

그리고 오늘에서야 비로소 알게 되었다. 나를 뒤흔들고 또 거절한 건 모두 산이라는 걸.

서로에게 따스함을

가끔은 나도 지칠 때가 있다.
괴로운 일은 피하고 즐거운 일만 겪고 싶은 게
인간의 본성이다.
아무리 겁 없고 용감한 사람이라 해도
너무 많은 원칙적 저항에 부딪히면
중심을 잃고 흔들리며 낙심하기 마련이다.

따스함과 가까워지고 싶지 않은 사람이 어디 있겠는가.
여우는 어린왕자에게 길들여지기를 원하고
야수는 벨의 눈물을 간절히 바란다.

삶이라는 여행길에서
멈춰 서서 서로를 업고 강을 건넜거나,
모든 위험을 감수하고
상대를 지키기 위해 앞장서서 걸었다면
삶에 아무리 많은 선택지가 있다 해도
나는 언제나 따스함과 사랑을 택하겠다.
고맙다.
당신이 그동안 했던 모든 일과 앞으로 할 모든 일에.

아무리 힘들어도
산 아래 세상만큼 힘들진 않으니까

산에서는 종종 완전히 지치는 순간들이 있다.
숨이 턱까지 차올라 더는 숨을 쉴 수 없을 것 같고,
이 산은 절대로 못 넘을 것 같을 때가 있다.
나의 의지는 한 가닥 얇은 실처럼 심장을 매달고서
피로의 공격에 수시로 무너져 내린다.

아침 9시 등산로 입구에서 출발해 첫날 묵을 산장은 7킬로미터 거리에 있는 산장이 아니었다. 3,886미터의 주봉을 넘어야 도달할 수 있는 산장이었다. 겨울의 산은 살을 에는 듯한 추위에 물을 한 모금 마시려 잠깐만 멈춰서도 뜨거운 기운을 내뿜던 몸이 순간 전원 스위치를 내려 버린다. 그렇기에 오전에는 잠시도 쉬지 않고 신성한 능선을 향해 바쁘게 발걸음을 옮겼다.

전날 밤 야근을 마치고 밤새 차를 몰아 도착한 친구는 피로를 전혀 풀지 못한 상태였다. 게다가 지나치게 부담스러운 전진 속도에 맞추느라 자신이 평소 걷는 속도가 아닌 비정상적인 속도로 걸을 수밖에 없었다. 그러다 결국 걷는 리듬을 완전히 상실하고는 포기 상태에 이르렀다. 친구의 '천천히 걷는 정도의 발걸음'으로는 날아가는 듯한 속도를 따라잡을 수 없었기에 나는 매번 뒤를 돌아보며 친구를 기다릴 수밖에 없었다. 산을 올라본 사람이라면 누구나 아는 사실이 하나 있다. 산행에서 가장 힘든 건 오래 걷는 게 아니라 자기 속도가 아닌 다른 속도로 걷는 일이다.

친구를 기다릴 때면 몸이 급속도로 서늘해지면서 정신도 가물거렸다. 빠른 걸음으로 숲속을 빠져나오자 마침 정오였다. 햇살이 비스듬히 내리비치고 안개를 따라 떠다니는 빛다발은 마치 스르르 소리 없이 움직이는 발걸음 같았다. 그렇게 꿈속을 헤매는 듯 몽롱한 상태로 길을 걸었다. 의식이 물러나자 몸은 끊임없이 움직이는 기계일 뿐이었다.

산에서는 종종 완전히 지치는 순간들이 있다. 한 발짝도 더는 내딛지 못할 것 같고, 숨이 턱까지 차올라 더는 숨을 쉴 수 없을 것 같고, 이 산은 절대로 못 넘을 것 같을 때가 있다. 날은 어두워지는데 손가락은 이미 얼어붙었고 바람마저 쌩쌩 불어온다. 오른쪽 무릎의 오래된 상처에서 치과용 드릴로 몸 깊숙한 곳을 후벼파는 듯한 거센 통증이 느껴진다. 그리고 뒤이어 신경이 한 차례 또 한 차례씩 아파온다. 나의 의지는 한 가닥 얇은 실처럼 심장을 매달고서 피로의 공격에 수시로 무너져 내린다.

하지만 산 위에서의 힘든 시간은 언제나 끝이 있다. 결국은 산장에 도착할 것이고, 결국은 산봉우리를 넘을 것이며, 결국은 길이 끝나는 순간과 마주할 것이다. 아무리 힘들어도 산 아래 세상만큼 힘들지 않다.

산 아래 세상에서는 누가 당신에게 어떤 약속을 했든 결국 당신을 보호할 수 있는 사람은 언제나 당신 자신뿐이다.

함께 산에 가고 싶지 않다는 말

어쩌면 나의 섣부른 확신 탓에 우리의 독특하고
초연한 관계가 현실의 숲속에서 길을 잃었는지도 모른다.
그동안 나는 한 번도 너는 어떻게 생각하는지 묻지 않았다.

오랫동안 함께 산을 올랐지만 네가 나를 원망한 건 그때 단 한 번뿐이었다.

산행 내내 우리는 꽤 멀리 떨어져 있었다. 거의 3일 동안 산 정상에서 멀리 뒤처진 너의 작은 모습만 보았을 뿐이다. 하지만 네가 고독을 즐긴다는 걸 알기에 나는 방해하지 않았고, 홀로 온 여행자처럼 맘껏 거닐 수 있도록 내버려두었다. 너는 입을 꼭 다문 채 무슨 생각에 잠긴 듯 비탈을 오르고 또 내렸다.

그리고 한 달이 지났을 무렵, 갑자기 네가 원망 어린 말투로 이렇게 말했다.

"너하고 다시는 산에 가고 싶지 않아. 너는 한 번도 날 기다려 주지 않았어."

나는 깜짝 놀랐다.

"무슨 소리야? 난 네가 혼자 걷고 싶어 하는 줄 알았지."

그러자 그가 항변하듯 말했다.

"왜 내가 혼자 걷고 싶은 건데?"

우리는 항상 잠에서 깨어날 때부터 이야기를 나누었다. 네 전화가 나를 깨우는 경우가 대부분이었다. 서로에게 늘 관심을 기울이고 표정과 말, 글까지 살피는 데 많은 시간을 보냈다. 그렇게 오랜 시간 함께하다 보니 무언의 약속처럼 자연스럽게 우리만의 독특한 어휘 사전과 시선의 거리, 호흡의 리듬, 글자 사이의 여백을 지니게 되었다. 입을 열기 전 서로를 응시하는 것만으로도 이미 절반은 알아들었다고 느꼈기에 굳이 나머지는 말할 필요가 없었다.

그렇기에 나는 항상 네가 날 이해하는 게 당연하다고 생각했다. 나 역시도 너의 표정 하나까지도 놓친 적이 없었기에 우리가 이렇게 사랑하는 건 당연하며 정해진 운명이라고 단정 지었다.

그렇기에 네가 이제 다시는 나와 산에 가지 않겠다고 선언했을 때 나는 마음에 큰 상처를 입었다. 어쩌면 나의 섣부른 확신 탓에 우리의 독특하고 초연한 관계가 현실의 숲속에서 길을 잃었는지도 모른다.

나는 다양한 배역을 돌아가며 맡았다. 매 순간 필요한 역할의 얼굴로 재빨리 바꾼 후에야 너와 대화를 시작했다. 너와 나를 위해서 이런 능력이 꼭 필요하다고 생각했다. 그러면서 한 번도 너는 어떻게 생각하는지 묻지 않았다.

함께 산에 가고 싶지 않다는 말은 다시는 내 뒤에 버려지고 싶지 않다는 상처 입은 너의 마음이었다. 이제야 깨달았다. 하지만 이미 모두 너무 늦어 버렸다.

이토록 낭만적인 포카라

우리는 그저 카운터에서 '포카라, 포카라 탑승합니다.'라고
크게 외치는 소리만 기다리면 된다.
이렇게 낭만이 가득한 한 편의 시 같은 출발을
어떻게 사랑하지 않을 수 있겠는가!

어떤 연발은 끝없이 지연되지만 낭만이 넘친다. 시작도 없고 끝도 알 수 없을 만큼.

포카라는 네팔에서 두 번째로 큰 도시다. 안나푸르나 산맥을 트레킹하는 사람들이 집결해 머무 는 도시로, 웅장한 히말라야 산맥과 아름다운 산중 호수가 자리 잡고 있다. 네팔의 수도 카트만두에 도착한 다음 날, 기상악화로 시야 확보가 어려운 탓에 아침 7시에 포카라로 향하는 비행기부터 줄줄이 연발되었다. 그 시각 공항에 있던 나는 끝없이 이어지는 연발 속에서 일종의 반복되는 규칙을 찾아냈다.

전기가 꺼졌던 탑승 수속 안내 스크린이 우연히 살아나더니 탑승 시간이 3시간 후로 연기되었음을 알린다. 그러면 다들 갑자기 정신이 번쩍 든다. 오늘 확실히 비행기가 뜰 수 있단 말이지? 뜨기만 한다면 언제라도 상관없다! 하지만 1시간 뒤 탑승 시간은 다시 빈칸이 되고, 모두 서로 얼굴만 쳐다볼 뿐 어찌할 바를 모른다. 그러다 결국 비행기가 취소될까? 걱정 마시라. 네팔 공항은 곧 모든 번거로운 절차 따위는 단번에 건너뛰니까. 우리는 그저 카운터에서 '포카라, 포카라 탑승합니다.'라고 크게 외치는 소리만 기다리면 된다. 그러면 모든 여행객이 그게 몇 시 비행기든 또 손에 쥐고 있는 땀에 절은 종잇조각의 항공편이 무엇이든 관계없이 모두 함께 타고 포카라로 날아가는 것이다!

이렇게 낭만이 가득한 한 편의 시 같은 출발을 어떻게 사랑하지 않을 수 있겠는가!

나는 날씨에 맞추어 시간과 계획을 변경하는 데 익숙하다. 안개가 끼면 멈추고, 걷히면 나아가는 데 만족한다. 나는 카트만두 공항 직원들이 비행기 좌석을 빼곡히 채우려 애쓰는 걸 이해한다. 마치 타이베이 사람들이 야시장의 협소한 노점에서 약속이나 한 듯 의자를 테이블 쪽으로 바짝 잡아당기는 것처럼, 등산화를 신고 대형 배낭을 짊어진 등산객들을 포카라로 향하는 조그마한 비행기 안에 어떻게든 쑤셔 넣는다.

출발이 수수께끼의 시작 같다면 카트만두에 도착한 순간은 갑작스레 주어지는 불교적 깨달음 같다.

보통은 착륙하기 전에 몇 분 후면 목적지에 도착한다는 기장의 안내 방송이 흘러나온다. 그게 아니면 적어도 비행기 뒤쪽에서 시큰둥하게 등장한 승무원이 눈짓이나 턱짓으로 안전띠를 매고 등받이를 세우라는 지시를 내린다. 하지만 포카라는 전혀 다르다. 한 치의 망설임도 없이 어떤 사전 설명도 없이 곧장 '쿵!'하고 착륙해 버린다. 마치 고등학생 때 낮잠을 자다 눈을 떴는데 바로 눈앞에 선생님이 서 있어서 아드레날린이 급상승했을 때처럼 앞으로 벌어질 일이 좋은 일일지 아니면 그 반대일지 도무지 예측이 되지 않는다.

하지만 포카라에서 일어나는 일이라면 응당 좋은 일일 것이다. 포카라는 등산업을 계기로 탄생하고 성장한 도시다. 등산용품 가게, 스카프 가게, 주점, 여행사, 그리고 복잡하게 뒤엉킨 골목길로 이루어진 호반의 도시다. 등정을 준비하는 설렘과 귀로의 피곤함이 혼재하며, 산을 사랑하는 사람들이 끊임없이 드나들면서 이 도시에 색다른 피를 흐르게 한다.

일반적으로 이렇게 산기슭에 자리 잡은 도시는 비슷한 곳을 찾기 어렵다. 그런데 멀리 태평양 건너에 있는 캘리포니아의 비숍 같은 도시는 이곳과 신기할 정도로 일치한다. 산 혹은 뭇 산들은 이런 도시나 작은 마을을 기지국으로 삼아 인종과 언어, 종교와 문화의 차원을 뛰어넘어 전 인류에게 신호를 보내서는 비슷한 부류의 사람들을 불러 모은다.

이처럼 자신만의 색깔이 뚜렷한 도시 포카라는 목과 쇄골 사이에 걸린 작지만 반짝이는 다이아몬드처럼 신들의 산 가운데에서도 유난히 돋보이는 존재다.

몸이 나를 배신할 때

사실 나는 산에서 용기를 얻어 가고 싶었다.
그래서 내 힘으로는 도저히 바꿀 수 없는,
이미 정해져 버린 현실과 대면하고 싶었다.
하지만 그건 나의 착각이었다.
진정한 믿음은 나 자신에게서 비롯되는 것이었다.
산이 아니라 바로 나였다.

처음으로 산속에서 감각을 상실했다.

가파른 오르막길을 2시간 동안 오른 뒤의 휴식시간. 나는 네팔 산장 밖 담장 옆에 앉았다. 이제 목적지에 도달하기까지는 3시간 가량이 남았다. 길에 드문드문 눈과 얼음이 보이기 시작했다. 햇살에 눈이 녹은 물이 흙과 합쳐지면서 그다지 달갑지 않은 흙탕물이 되었고 바지에 튀어 흔적을 남겼다.

햇살을 받고 앉아 있으니 몸이 점점 따뜻해졌다. 멀찌감치 떨어진 곳에서는 동료들이 웃고 떠들면서 장난치고 있었다. 혼자 멍하니 앉아 있던 내 눈에서 갑자기 눈물이 주르륵 흘러내렸다.

몸이 나를 배신한 것이다. 자신을 과도하게 사용하자 거세게 항의하고 나섰다. 출발 전 타이완에서 병원을 세 차례나 다녀온 덕분에 병은 이미 많이 호전된 상태였다. 그런데 산에 오자 몸은 내가 자신을 정면으로 마주하게 하기 위해 온갖 방법을 동원하기 시작했다. 심장은 끊임없이 날갯짓하는 비둘기처럼 심하게 고동쳤고, 코는 수영장 물에 빠진 것처럼 꽉 막혀 질식하기 직전이었으며, 허벅지는 환각제를 복용한 듯 의식은 없고 지각만 남아서 발걸음을 내딛긴

하지만 전혀 기력이 없었다.

처음으로 산속에서 감각을 상실했다.

주변의 모든 소리와 영상이 희미해졌고, 사람들이 하는 말도 호수의 물을 통해 전해지듯 모호해서 도무지 알아들을 수 없었다. 다들 감탄을 연발하는 설경에도, 숲속 여기저기에 내리비치는 신비로운 조명에도 무감각했으며, 산을 오를 때도 내려갈 때도 아무런 감각이 없었다. 해발 8,000미터의 면면히 이어진 웅장한 히말라야 산맥을 난생처음으로 보았는데도 역시나 무감각했다.

그렇게 내 몸이 나와의 연결을 완전히 끊어버리자 내 안의 자존심만 작동하기 시작했다. 나는 여전히 몸의 모든 불편함을 무시한 채 의지력으로 이 모든 걸 극복하려 했다. 산장 앞에 앉은 나는 나약했고, 쇠약했고. 무력했다. 속절없이 눈물만 흘러내려 내 청회색 외투 위로 소리 없이 떨어졌다.

사실 나는 산에서 용기를 얻어 가고 싶었다. 그래서 내 힘으로는 도저히 바꿀 수 없는, 이미 정해져 버린 현실과 대면하고 싶었다. 하지만 그건 나의 착각이었다. 진정한 믿음은 나 자신에게서 비롯되며 용기는 내가 나에게 줄 때만이 결핍되지 않는다는 사실을 그제야 깨달았다. 산이 아니라 바로 나였다.

휴식 시간이 끝났다. 네팔 가이드가 소리 없이 내 곁으로 다가오더니 옅은 미소를 지어 보이며 내 배낭을 집어 들었다. 마치 솔방울을 주워 주머니에 넣듯 그렇게 가볍고 자연스럽게. 그러자 때마침 햇살이 내리쬐고 숲은 한없이 아름다운 모습을 드러냈다. 안나푸르나 산맥은 하늘 높이 우뚝 솟아 있었고, 눈 덮인 산맥의 능선은 눈을 뗄 수 없을 만큼 장관이었다.

나는 가이드 뒤에 바짝 붙어 걸으며 그에게 복을 내려 달라고 하느님, 부처님, 알라신, 모든 천지신명에게 빌고 또 빌었다. 그 덕분에 비로소 알게 되었다. 무거운 짐이 사라졌을 때 산에 대한 나의 수많은 감각이 살아난다는 것을.

나 자신에게 부끄럽지 않도록

산 아래의 현실에서 아무리 혼란스럽고
과도한 죄책감에 사로잡힌다 해도,
다시는 그 거대한 불안을 무한 확장시켜
나의 무게를 재는 힘을 잃지는 않을 것이다.

지금까지 많은 산을 오르고 수많은 길을 걸었지만, 가장 기억에 남는 산을 묻는 질문에는 선뜻 대답하지 못한다.

　물론 나만의 사연이 있는 산은 정말 많다. 다만 모두 이름을 갖고 있지도 않고 지도상의 정확한 위치도 알지 못한다. 내가 생각하기에 나란 사람은 어떤 감정이나 사람을 특정 좌표 안에 머무르게 두지 못하는 경향이 있다. 언제나 다양한 차원 안에서 떠다니게 한다.

　그런 내가 놀랍게도 존 뮤어 트레일(미국 서부 요세미티 국립공원에서 세코이아 국립공원까지 358킬로미터에 달하는, 환경 운동가 존 뮤어의 이름을 딴 트레일 코스) '에볼루션 레이크'는 완벽하게 기억한다. 나와 YO, 황서, 칭은 눈밭을 걷고 또 걸어 에볼루션 레이크에 도착했다. 저녁 7시였지만 날은 아직 환했다. 산속에서 줄곧 침묵을 지키던 나는 호숫가에서 물을 떠서 여과하던 중 문득 가슴이 벅차올랐다. 그래서 이야기를 하고 또 하기 시작했다. 그런 흔치 않은 내 모습을 YO는 기록으로 남기기까지 했다.

　그날은 2019년 7월 15일이었다. 나는 웃다가 울다가를 반복하며 이 말을 하고 또 했다.

　"살아가는 건 하나도 어렵지 않아. 어려울 게 뭐 있겠어?

살아남는 게 어렵지. 그게 정말 어려운 거야."

　매일 새벽에 잠에서 깨면 영하 10도가 넘는 날씨에 발은 뻣뻣하게 굳어 있다. 그 발을 꽁꽁 언 장화 속에 억지로 밀어 넣는다. 그리고 몇십 킬로미터에 걸쳐 이어지는 눈 덮인 비탈길을 마주하고, 배낭 안에 남은 얼마 안 되는 식량을 헤아려 본다. 이 길 위에서의 모든 행위는 오직 살아남기 위해서다. 그에 비하면 산 아래에서 일상을 살아가는 건 얼마나 쉬운 일인가.

　당시의 스트레스는 피로와 배고픔, 그리고 삶과 죽음을 뜻대로 제어할 수 없는 데서 비롯되었다. 위험천만한 설선(높은 산에서 사철 눈이 녹지 않는 부분과 녹는 부분의 경계), 눈 덮인 가파른 비탈길, 생명을 위협하는 급류에서 살아남기 위해서는 계속 걸어야 했다. 사무실에 앉아 시원한 에어컨 바람을 쐬며 컴퓨터 자판을 두드리고, 회의가 끝난 뒤 식당가에서 점심 메뉴를 고민하고, 저녁에 택시를 타고 집으로 돌아가던 때와는 비교도 할 수 없는 엄청난 스트레스였다.

　당시 나는 오른쪽 발바닥에 2센티미터 정도 되는 상처가 나 있었다. 첫날 야영지에서 맨발로 걷다가 바위의 날카로운 부분에 베었는데, 가로로 난 상처 안으로 속살이 보였다.

그리 크지 않은 상처였지만 아침에 첫발을 내딛을 때마다 심장이 멈칫할 정도로 아팠다. 그런데 일단 길을 걷기 시작하면 모두 다 잊어버렸다. 그러다 저녁 무렵 텐트 안으로 들어가 양말을 벗으면 그제야 생각이 났다. 사실 이렇게 상처 난 발로 하루 종일 걸을 수 있다는 게 신기한 일이었다.

나는 에볼루션 레이크 앞에 앉아 웃다가 울었다. 그렇게 이야기를 나누면서 영하의 호수 물에 발을 담갔다. 둥둥 떠가는 호수의 얼음과 아프고 아린 나의 상처. 나는 이 세상과 우리 삶이 언제나 이런 식으로 흘러간다는 사실을 영원히 기억하려 한다. '살아남기'는 이제 내 삶의 신조가 되었다. 이 단순하고 확실한 신조를 나는 단단히 움켜쥘 것이다. 산 아래의 현실에서 아무리 혼란스럽고 과도한 죄책감에 사로잡힌다 해도, 다시는 그 거대한 불안을 무한 확장시켜 나의 무게를 재는 힘을 잃지는 않을 것이다.

길은 결국 걸어가야 한다. 이미 돌아갈 방법은 없다. 나는 에볼루션 레이크에서 온전히 내가 되었다. 당장 내 눈앞에 미래가 잘 보이지 않는다 해도, 나에겐 무리한 요구가 다른 이들에게는 아무것도 아니라 해도, 누군가의 포옹으로 나의 존재를 확인할 수 없다 해도 이제는 상관없다. 내가 먼저 나를 안아 줄 것이다.

매일 아침 첫걸음의 통증이 영원히 그치지 않는다 해도.

당신이 먼저 힘내기를

우리는 지나치게 습관적으로
나와 비슷하면서도 은은하게 빛나는 상대를 바라본다.
조금 긴장이 풀렸을 때
조금 피곤할 때
조금 화가 났을 때.

가끔은 기쁘게 또 편안하게
조금 약해져도 아무도 눈치채지 못한다.
왜냐하면 또 다른 내가 애쓰고 있으니까.
그래도 괜찮다.

산에 반해버린 사람

마음이 아무리 아니라고 해도 몸은 거짓말을 하지 않는다.
히말라야 산맥의 온통 눈으로 뒤덮인 새하얀 능선을 보는 순간
감동이 밀려오면서 발바닥이 근질거리기 시작했고,
결국 1월 엄동설한에 등반을 결정했다.

나는 남쪽 나라의 아이다. 타이완에 살다 보니 한겨울에 높은 산의 설선 위로 올라가지 않는 이상 거의 눈을 볼 수 없다. 그렇게 볼 수 있는 산 위의 눈조차도 10센티미터 조금 넘게 쌓인 얇은 눈뿐이다. 징밀 눈이 제대로 오기 시작하면 산은 출입이 통제되기 때문이다.

내가 난생처음 설원을 걸어 본 건 눈이 아직 녹지 않은 이른 봄의 일본 동북 지역에서였다. 대다수의 일본인들은 등산용 방한 부츠에 아이젠까지 갖추고 있었다. 나와 YO는 일본 동북에서도 고도가 높은 편에 속하는 100대 명산 몇 곳을 일반 등산화를 신고 연달아 넘었다. 그 당시에는 눈에 대한 환상과 흥분으로 가득 차 있었다. 눈이다! 정말 눈이 내린다!

2019년 폭설이 내린 그해에 존 뮤어 트레일의 모든 구간에도 눈이 많이 내렸다. 태평양 산맥 트레일의 전 구간을 걷는 수많은 트레커들이 시에라네바다 산 초입의 고난이도 눈 비탈길 때문에 이곳을 우회하기로 결정했다. 나와 YO, 황서, 칭은 출발해야 할지 말아야 할지 계속 고민했다. 해발 3,800미터에 경사도 70도가 넘는 눈 비탈길, 가슴 높이까지 차오르는 급류. 우리는 수많은 지도와 기상도, 설선 예측표까지 검토한 결과, 본래 6월 초로 잡아 두었던 일정을 7월 중순으로 미루기로 결정했다. 한 달 반이라는 시간 동안 요세미티 국립공원에 한여름이 돌아오기를 간절히 바라면서.

하지만 계획은 언제나 변화를 따라가지 못하는 법이다. 눈이 녹을 기미가 전혀 보이지 않았다. 우리는 불안한 마음에 아이젠과 소프트쉘(등산복에 사용되는 기능성 소재) 바지를 구매하고 동시에 아쿠아슈즈와 반바지도 준비했다. 타이완에서 설산 등반에 관한 훈련을 받아 본 적이 없는 우리는 전문 강사를 초빙해 눈길 보행법, 미끄러짐 제동법, 설산 야영법 등을 필사적으로 익혔다. 우리가 요세미티 국립공원에 도착한 7월에 투올러미 초원에는 여름 전 마지막 눈이 내렸다.

장시간에 걸쳐 눈길을 걸으며 과거에 익숙한 시선 처리법과 보행법, 호흡법을 완전히 새로운 방식으로 바꿔야 했다. 몸의 효율은 최대한 높이고 신경은 바짝 곤두세워야 했다. 그렇게 야영지에 도착하자 우리는 완전히 녹초가 되었다.

하루 12시간이 넘는 행군이 드디어 끝이 났다. 우리 넷은 눈길이 처음인 데다가 체격도 좋은 편이 아니어서 다른 이들보다 뒤처지기 일쑤였다. 거의 해가 져서 온도가 차츰 떨어질 때 즈음에야 겨우 텐트 칠 곳을 찾기 시작해서는 간신히 일정에 맞추곤 했다.

나와 YO는 한발 앞서 야영 장소에 도착해서는 어두워지기 전에 야영할 곳을 정한 후 서둘러 물을 길어와 여과하고, 텐트를 쳤다. 말없이 효율적으로 각자 맡은 일을 척척 해냈다. 그리고 저녁을 먹은 후에야 그나마 끝없이 펼쳐진 설원에서 분홍빛 저녁노을을 감상할 여력이 생겼다. 우리 넷은 몸을 웅크리고 바람을 맞으면서 서로를 마주한 채 오늘 새벽 영도의 급류가 얼마나 절망적이었는지 이야기했다. 때로는 너무 피곤한 나머지 얼음같이 차가운 에너지바를 하나씩 먹고는 일찌감치 침낭 속으로 기어들어가 곯아떨어지기도 했다.

그렇게 존 뮤어 트레일의 눈은 혹독한 추위와 고달픈 방황 속에서 사랑마저 허물어 버렸다.

올해는 눈 트레킹을 더 이상 가지 않을 계획이었다. 하지만 나는 산을 오르는 사람이다. 마음이 아무리 아니라고 해도 몸은 거짓말을 하지 않는다. 히말라야 산맥의 온통 눈으로 뒤덮인 새하얀 능선을 보는 순간 감동이 밀려오면서 발바닥이 근질거리기 시작했고, 결국 1월 엄동설한에 등반을 결정했다.

네팔의 산간 지역 트레킹은 보통 오후 4시가 되면 대부분 하루 일정이 끝이 난다. 아무리 혹독한 눈길과 고강도의 등반이었다 해도 저 멀리 푸른색 산장 지붕이 보이는 순간 피로가 싹 가신다. 안나푸르나 마르디 히말 트레일의 오성급 산장에 들어서자 뜨거운 차이밀크티가 제공되었다. 이글거리며 타오르는 장작 난롯가에 앉아서, 혹은 녹초가 되어 침대에 쓰러진 채 따뜻한 죽이 코앞까지 배달되기를 기다리고 있으면 이보다 더 행복할 수 없다.

나는 장기간에 걸쳐 떠나는 트레킹을 유독 좋아한다. 완전히 일상에서 탈출해 거친 황야에 몸을 던지고 싶다. 하지만 눈 덮인 존 뮤어 트레일의 쓸쓸함과 황량함에 비하면 네팔의 잘 다듬어진 등산 문화는 뭔가 가슴을 울리는 시적 정취가 결여된 느낌이다.

나는 존 뮤어 트레일의 폐를 찌르는 듯한 얼어붙은 공기와 숨을 쉴 때마다 침낭에 맺히는 얇은 서리, 그리고 어깨를 짓누르는 거대한 배낭의 무게가 사무치게 그립다. 하지만 사람이 늘 강할 수만은 없는 법이다. 네팔 산장의 뜨거운 차 한 잔, 따뜻한 죽 한 그릇, 이렇게 아무 생각할 필요 없이 그냥 좋은 것들이 지금의 약해진 나에게는 그리고 내 마음에는 절실히 필요하다.

만 개의 강을 건널 수만 있다면

우리는 서로 바라보며 미소 짓고 때로는 마주 보며 눈물을 흘린다.
그렇게 종점을 향해 가지만 결국 출발점으로 되돌아오고 만다.
내가 만 개의 강을 건널 수만 있다면 그 모든 강들이
내가 마땅히 가야 할 곳으로 나를 데리고 갈 것이다.
이렇게 생각해야 겨우 용기를 내어 새로운 하루를 시작할 수 있다.

투표 장소는 언제나 그렇듯 초등학교다. 정말 오랜만에 어린 시절 다니던 학교에 돌아왔다. 운동장의 반원형 하늘색 스탠드는 맑은 날에 보면 지구본을 4분의 1로 쪼갠 것처럼 보인다. 투표를 마친 나는 잠시 스탠드에 앉아 책을 펼쳤다. 그리고 좋아하는 사(詞, 중국 고전 문학 중 운문의 일종)를 소리 내어 낭독하기 시작했다. 익숙한 메아리가 울려 퍼졌다.

나는 중국 시나 사를 유난히 잘 암송하는 편이다. 초등학교 3학년 때부터 나는 자주 선생님 손에 이끌려 시나 사를 낭독하는 대회에 참가하곤 했다. 당시 내 연습장에는 연음, 말하기 속도, 점점 세게, 점점 약하게, 멈추기, 손동작 등을 나타내는 부호가 빼곡히 적혀 있었다. 몇백 수에 이르는 시를 내가 정말 이해했는가와 상관없이 일단 외우기만 하면 그만이었다. 그래서 노래 역시 한 번 들으면 절대 가사를 잊어먹지 않는다. 나에게 글은 언제나 멜로디보다 중요했다.

나는 홀로 고요히 존 뮤어 트레일을 걸으며 과거에 외웠던 시나 사, 귀에 익은 노랫가사를 떠올리려 애썼다. 하지만 다니엘 섹터(하버드대 심리학 교수)가 『기억의 일곱 가지 죄악』에서 언급했듯 모든 의식적 혹은 무의식적 죄악의 첫 적응 반응은 망각이다. 본래 기억은 믿을 만한 것이 못 된다. 영원할 것 같지만 순간에 그치고, 확실한 것 같지만 시간의 강 속에서 녹아 없어진다.

그래서 나는 노래가 듣고 싶다. 길 위에서 휴대전화 배터리는 무척 귀하기에 이른 새벽 지친 나를 깨워야 할 때만 노래를 한 곡 듣는다. 보통은 아직 하늘이 밝아 오기 전으로 황야에는 어둠이 짙게 깔려 있다. 나는 가만히 텐트 안에 누워 별이 가득한 하늘을 올려다보면서 랜덤으로 재생되는 노래를 듣곤 한다.

선날 16시간에 걸친 눈길 하이킹이 드디어 끝이 났다. 몸과 마음은 이미 지칠 대로 지친 상태였다. 새벽에 눈을 뜨는 순간 오늘 하루도 허리까지 차오르는 급류를 무수히 건너야 하고, 끝이 보이지 않는 눈길을 하염없이 걸어야 한다는 사실을 깨달았다. 침낭 안에 웅크리고 있던 나는 있는 힘껏 문지르고 비벼댄 밀가루 반죽마냥 축 늘어져 있었다.

오늘 랜덤으로 선정된 노래는 퀸의 〈Keep Yourself Alive〉였다. 리드 싱어 프레디 머큐리의 높고 낭랑한 목소리가 흘러나왔다.

But if I crossed a million rivers

하지만 수많은 강을 건너고

And I rode a million miles

수백만 마일을 달려와도

Then I'd still be where I started

처음 출발한 바로 그 자리잖아

Same as when I started

처음으로 돌아와 버렸다고

　시와 노래는 타임머신이다. 글은 우리를 그 어떤 순간으로도 되돌려 놓을 수 있다. 우리는 서로 바라보며 미소 짓고 때로는 마주 보며 눈물을 흘린다. 그렇게 종점을 향해 가지만 결국 출발점으로 되돌아오고 만다.

　내가 만 개의 강을 건널 수만 있다면 그 모든 강들이 내가 마땅히 가야 할 곳으로 나를 데리고 갈 것이다. 이렇게 생각해야 겨우 용기를 내어 새로운 하루를 시작할 수 있다.

함께 오르는 산

우리에게는 늘 즐거운 일이 한 가지 있다.
함께 산을 오르고, 함께 먼 길을 걸으며,
함께 배고픔을 견디고, 함께 별을 올려다본다.
나는 너의 말을 이해하고, 너는 나의 말을 듣고 싶어 한다.
서로 마주 보고 웃으면서 짐의 무게는 신경 쓰지 않는다.
너는 나에게 바로 그런 동료다.

나를 비추는 빛을 알아볼 수 있을까

손만 뻗으면 얻을 수 있는 온기,
작은 공감으로도 뛰어들 수 있는 품,
가볍게 주어지는 부드럽고 다정한 말.
분명 이런 것들 속에서
우리는 잠깐이지만 확실한 위안과 힘을 얻는다.

다바췬펑을 오른 지 3일째 되는 날, 새벽 3시에 기상한 나와 웨이하오는 다른 사람들과 반대 방향으로 출발했다. 등불을 환하게 밝힌 주주산장에서 몇 걸음 떨어지지 않았을 뿐인데도 캄캄한 어둠이 갑자기 주변을 에워쌌다.

190센티미터에 달하는 웨이하오의 거대한 그림자는 나에겐 마치 산처럼 느껴졌다. 5년 전 우리가 함께 산을 오르기 시작한 이래 긴 다리로 성큼성큼 걷는 그의 걸음을 나는 한 번도 따라잡아 본 적이 없다. 그는 쌍꺼풀 없는 눈과 오뚝한 코, 넓은 어깨와 단단한 가슴을 지니고 있다. 매사에 무관심한 듯 시큰둥한 표정을 짓고 있지만 일단 웃으면 한없이 선하고 온화해 보인다. 그런 훈훈한 외모 덕분에 산에서 자주 잘생긴 청년이라 불리며 누님들의 보살핌을 독차지하곤 했다. 나는 그의 등산 파트너다 보니 배낭 지퍼에 달린 작은 장식품처럼 그의 곁에 딸려서 덩달아 이득을 보곤 했다. 우리는 성격상 비슷한 단점을 많이 가지고 있다. 지나치게 말수가 적고, 남에게 폐를 끼치는 걸 극도로 꺼려하며, 서로 적당한 거리를 두고 지내는 걸 선호한다. 대체로 직설적인 편이며 수다를 떨지 않는다.

조용한 발소리만 귓가에 들려오고 눈앞에는 긴 길이 펼

쳐져 있다. 웨이하오가 갑자기 두 손을 주머니에 찔러 넣고 속도를 늦추더니 아무 말 없이 나와 속도를 맞추어 걷기 시작했다. 땅에 비친 그의 거대한 그림자는 뭔가 할 말이 있는 듯한 모습이었다. 나는 고개를 돌려 그를 바라보았다. 그는 자신의 새로운 장비를 보여주고 싶어 했다.

"있잖아, 내 새로운 헤드랜턴 말인데."

웨이하오는 자기 이마 위의 헤드랜턴을 손으로 가리켰다. 그러더니 머리를 뒤로 젖히면서 나에게 땅에 비춰지는 불빛을 보라는 시늉을 했다. 그의 헤드랜턴은 광도가 높은 집중조명이었다. 땅의 미세한 흙 알갱이까지 세세히 보일 정도로 빛을 집중시키는 성능이 탁월했다. 건전지를 새롭게 갈아 끼운 지 얼마 되지 않은 게 분명했다.

"오, 훌륭한데! 어느 브랜드 제품이야?"

내가 물었다.

"브랜드는 무슨. 그냥 아무거나 산 거야. 300위안 (우리나라 돈으로 약 1만 2천 원 정도) 밖에 안 해."

웨이하오는 헤드랜턴을 쥐고 이리저리 돌려보았지만 브랜드명은 눈에 띄지 않았다. 내가 건네받아 살펴보니 가볍고 구조도 상당히 단순했다. 나는 깜짝 놀라 물었다.

"이렇게 단순하면 고장이 잘 나지 않을까?"

"상관없어. 고장 나면 다시 하나 사면 그만이지."

그는 헤드랜턴을 다시 머리에 끼우면서 아무렇지 않은 표정으로 말했디.

"저렴하니까 자주 새로 살 수 있어. 네 '페츨' 헤드랜턴 하나 살 돈이면 이거 열 개는 살 수 있다니까!"

나는 그를 보며 웃었다. 웨이하오는 저벅저벅 걸어서 앞서 나갔고 캄캄한 밤 침묵이 이어졌다. 4킬로미터와 급경사 내리막 1,000미터는 2시간도 안 되어 끝이 났다. 길을 걷는 내내 나는 좀 전에 나누었던 우리의 대화를 떠올렸다. 저렴한 빛에 대해 생각했다.

헤드랜턴을 고를 때 주요 기준이 되는 방수 기능, 충전 방식, 무게, 루멘 (광속이나 빛의 양에 관한 단위), 정전류(직류 전류를 일정하게 보존하는 전력 변환 장치), 산열(열을 흩어 내보냄) 등의 기능이나 기술적인 측면은 일단 생각하지 않는다고 했을 때, 저렴하고 새로운 빛과 비싸고 견고한 빛은 대체 무슨 차이가 있을까? 둘 중 하나를 선택해야 한다면 나는 어떤 빛을 갖고 싶을까? 17킬로미터 거리에 있는 돌 탁자를 지나 다린 숲 길을 따라 걷는데 하늘이 점점 밝아왔다. 나는 헤드랜턴을 풀어 정리했다. 하지만 의문은 좀처럼 정리되지 않았다.

얼마 후면 날이 밝아 올 것을 아는 평범한 밤이라면 나 역시 저렴한 빛을 선택할 것이다. 손만 뻗으면 얻을 수 있는 온기, 작은 공감으로도 뛰어들 수 있는 품, 가볍게 주어지는 부드럽고 다정한 말. 분명 이런 것들 속에서 우리는 잠깐이지만 확실한 위안과 힘을 얻는다. 얼마나 견고한지, 얼마나 안정적인지는 신경 쓸 필요가 없다. 언제든 사고 바꿀 수 있기 때문이다. 그렇다면 망설일 필요가 없다.

갑자기 내가 깊은 골짜기에 있던 때가 떠올랐다. 그곳의 어둠은 남달랐다. 그런 어두운 밤에는 누군가 손을 내밀어 준다고 해서 덥석 잡아서는 안 된다. 누군가 온기를 베풀어 준다고 해서 모두 받아서도 안 된다. 끊임없이 시험해 보고, 냉정하게 따져 보고, 강하게 잡아당겨 보면서 그 힘이 정말 나를 끌어 올릴 수 있을지, 이 포옹이 영원히 선량할지 가늠해 보아야 한다. 그런데 혹시 내가 누군가 희생을 무릅쓰고 베푸는 선의가 얼마나 순수한지 알아본다는 이유로 억지로 혼란과 분쟁을 조장하지는 않았을까. 또 지금 나를 비추는 빛이 한순간 사라져 버릴까 두려운 마음에 나를 사랑하거나 내가 사랑하는 이들을 지치게 하지는 않았을까.

　설령 그 빛이 나를 비추고 있는데도 여전히 암담하고 쇠약하다 하더라도 내가 빛 아래 그 사람의 얼굴과 모습, 그 호흡과 체취를 알아볼 수 있기를 간절히 바란다. 그는 수많은 산과 강을 지나고 백만 개의 봉우리를 넘어서 나에게로 왔다. 아득한 옛날 나의 부름을 들은 그는 서두르지도 느리지도 않은 단단한 걸음으로 나를 향해 걸어왔다. 나는 수억 년 전 떨어진 별똥별이다. 오직 그만이 나를 볼 수 있었다. 하늘의 계시 같은 마주침, 천천히 다가온 만남. 나는 서두르지 않겠다.

산에서만큼은 모든 게 확실하다

산 위에서는 일출을 맞이하면 하루가 시작된다.
그런데 산 아래에서는 대체 무엇을 맞이해야 하루가 시작될까?
산 아래에서도 새벽 3시에 눈을 떴을 때
지금처럼 내가 나아가야 할 방향을 알 수 있을까?

산에 올라 본 사람이라면 누구나 아는 암호가 있다. 바로 새벽 3시다.

산장의 새벽 3시는 신비로운 마법 같은 시간이다. 막 잠든 것 같으면서 또 이미 잠에서 깬 것 같기도 하다. 오랫동안 깊이 잔 것 같으면서 또 밤새 한숨도 못 잔 것도 같다. 코고는 소리가 순간 멈추면서 침낭을 부스럭대는 소리, 기침 소리, 한숨 쉬는 소리가 들려온다. 공용 나무 침대가 익숙하지 않은 탓에 기지개를 펼 때마다 온몸의 뼈마디가 우두둑우두둑 울리는 소리도 난다.

이제 일어나야 할 때다.

빨간색 헤드랜턴 불빛이 깜빡이며 밝아졌다 어두워졌다 한다. 자리에서 일어난 이들은 대부분 단체 관광객이다. 일출을 보기 위해서는 4시에는 출발해야 하기에 서둘러 식당으로 몰려가서는 뜨끈한 죽 한 그릇씩을 받아 쥔다. 반면 아직 침낭 안에서 웅크린 채 자는 척하는 이들은 오늘 하산할 예정인 등산객들이다. 급할 것이 없기에 날이 밝으면 천천히 출발한다.

하지만 나는 조금 다르다. 하산하는 날에도 똑같이 새벽 3시에 자리에서 일어난다. 한 번도 일부러 일어난 적은 없다. 마치 여름날 오후에 낮잠을 달게 잔 뒤 손가락을 튕기며 일어날 때와 같다. 창문의 커튼을 활짝 열어젖히면 오후의 햇살이 한가득 쏟아져 들어온다. 나는 새벽 3시의 산장을 가장 좋아한다. 영하의 겨울밤에 덜덜 떨어가며 비비는 두 손에 따스한 입김을 불어 대면 하얀 안개가 눈앞에서 피어오른다.

나는 몸을 일으켜 앉아 가볍게 심호흡을 한 뒤 후끈 달아오른 사람들을 매번 신기한 눈으로 바라본다. 헤드랜턴 아래서 반짝이는 두 눈들이 마치 이렇게 외치는 듯하다.

"출발이다! 드디어 산에서 일출을 본다!"

산장의 공기가 흥분의 알갱이로 가득 채워지면서 후끈 달아오른다. 아무리 억누르려 해도 그 들뜬 환희는 점점 더 높은 파도가 되어 밀려온다.

산 위에서는 일출을 맞이하면 하루가 시작된다. 그런데 산 아래에서는 대체 무엇을 맞이해야 하루가 시작될까? 산 아래에서도 새벽 3시에 눈을 떴을 때 지금처럼 내가 나아가야 할 방향을 알 수 있을까? 그 방향과 어긋나면서 마음을 또 다치지는 않을까?

나는 흐릿하고 불확실한 현실 속에서 마음 편히 살아가

는 법을 터득하지 못했다. 그래서 늘 산에 가고 싶다. 산에서는 모든 게 확실하다. 해가 뜨면 일어나고 해가 지면 쉬는 그 리듬이 나를 편안하게 한다. 어쩌면 나는 다른 무엇이 아닌 그저 마음을 편안히 내려놓고 싶었는지 모른다. 나는 알고 있다. 지금 출발하면 일출의 장엄한 광경을 볼 수 있다. 지금 출발하면 저 산을 넘을 수 있다. 내가 발걸음을 내딛기만 하면 여정을 마칠 수 있다. 내가 노력하기만 하면 이 모든 걸 보상받을 수 있다.

　최소한 산에서는 사는 게 단순하다는 사실을 알기에 나는 마음을 놓을 수 있다.

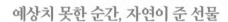

예상치 못한 순간, 자연이 준 선물

무수히 많은 별들이 반짝이는 빛으로 나를 압도했다.
광활한 은하수는 선명한 길을 그리며 흐르고,
가지각색의 별자리가 하늘을 아름답게 수놓았다.
지난 수만 년 동안 사람들은
별이 가득한 같은 하늘을 올려다보았다.
그리고 수만 년 동안 똑같이 깊은 감동을 받았다.

해발 약 3,500미터의 네팔 360산장, 오늘 밤 우리가 묵을 곳은 메인 숙소의 가장 바깥쪽에 위치한 방이다. 화장실은 이곳과 정반대로 숙소의 다른 쪽 끝에 위치해 있는데, 한 층 내려간 뒤 다시 좁은 돌계단을 지나야 니타난다. 물론 평소 같으면 별로 문제 될 것이 하나도 없다. 하지만 눈이 1미터 넘게 쌓인 영하 10도의 히말라야 산맥에서라면 한밤중에 화장실에 가는 일은 그야말로 엄청난 시련이다.

산 위에서는 보통 참는 쪽을 택한다. 하지만 대략 저녁 9시쯤 되면 요의가 한 차례씩 밀려오기 시작한다. 그러면 나는 그렇지 않다고 나를 설득하기 시작한다. 심지어 사막에서 목이 말라 죽기 직전인 상태를 상상하기까지 한다. 이런 자기 최면은 한밤중까지 이어지지만 결국 곧 터질 듯한 방광과 맞닥뜨리고 만다. 그러면 최후의 수단으로 초등학교 졸업식 날을 떠올린다. 졸업식 전날 밤에는 다들 물풍선에 물을 채워 넣느라 분주하다. 물을 잘 채우면 물풍선 표면이 얇게 펴지면서 다른 사람에게 던져 터뜨리기 좋다. 빨간색, 주황색, 노란색, 초록색, 파란색 물풍선에 연이어 물을 채워 넣는다. 수백 개의 물풍선이 점차 묵직해지고 곧 터지기 일보 직전이…….

이젠 더 이상 참을 수가 없다. 나는 사막에 대한 상상도, 물풍선 추억놀이도 그만두기로 했다. 일단 눈을 뜨고 어둠에 적응한 뒤 마지못해 몸을 일으켜 앉았다. 침낭에서 나가지도 않았는데 등 쪽에서 얼음장같이 냉랭한 공기가 느껴졌다. 더듬더듬 패딩 점퍼를 찾아 입고 헤드랜턴을 머리에 끼운 뒤 천천히 방문을 열었다. 그 순간 날리는 눈가루와 시릴 만큼 차가운 바람이 내 얼굴을 때렸다.

갑자기 문밖에서 찬 공기가 들어오자 방 안에 있던 웨이하오가 게슴츠레 눈을 떴다. 몽롱한 상태에서 잠긴 목소리로 나와 함께 가겠다고 했다. 화장실은 멀리 있을 게 분명하고, 한 치 앞도 분간하기 어려운 깜깜한 밤에 1미터가 넘는 눈이 양쪽으로 쌓인 좁은 길과 얼어붙은 미끄러운 돌계단을 지나는 건 위험하다고 말했다. 결국 우리는 일렬로 서서 어둠 속을 더듬더듬 걸어가 화장실에 도착했다. 입에서 나오는 더운 김과 소변이 만든 하얀 안개가 좁은 공간을 가득 채웠다. 손을 닦으려고 물통에 손을 넣었는데, 얼마나 추운지 그 안에 물이 통째로 얼음 덩어리로 변해 있었다. 어쩔 수 없이 길 양편에서 눈을 잡아 쥐고 녹기를 기다리는 걸로 손 씻기를 대신했다.

우리 둘은 고개를 숙인 채 찬바람을 피해가며 긴 통로를 빠르게 걸어갔다. 그러다 문득 고개를 들어 하늘을 올려다보았다. 산장 한편으로 찬란하게 별이 빛나는 하늘이 눈에 들어왔디. 우리는 추워서 목을 움츠리면서도 순간 걸음을 멈추었다. 그러고는 아예 눈밭으로 걸어 들어가기 시작했다. 산장에서 어느 정도 멀어지자 우리는 동시에 헤드랜턴을 껐다.

내 평생에 다시는 보지 못할 최고로 멋진 밤하늘이었다. 무수히 많은 별들이 반짝이는 빛으로 나를 압도했다. 광활한 은하수는 선명한 길을 그리며 흐르고, 가지각색의 별자리가 하늘을 아름답게 수놓았다. 그야말로 눈부신 충격과 전율 그 자체였다. 지난 수만 년 동안 사람들은 별이 가득한 같은 하늘을 올려다보았다. 그리고 수만 년 동안 똑같이 깊은 감동을 받았다. 우리는 멍하니 하늘을 바라보면서 한동안 말을 잃었다. 잠시 후 나지막한 목소리로 각자의 빈약한 천문학 지식을 나눈 뒤 구분 가능한 별자리를 하나하나 세어보았다. 그런 뒤 이름을 알고 있는 별자리를 바라보며 만족스러운 듯 고개를 끄덕였다. 마치 오랜만에 옛 친구를 다시 만난 것처럼.

산이 주는 선물을 그냥 받았을 뿐인데 내가 욕심꾸러기가 된 것만 같은 기분이 들었다. 그 완전무결한 아름다움에 호흡은 리듬을 잃고, 심장은 박동을 멈추었다. 문득 『모래군의 열두 달』(환경 윤리의 아버지로 불리는 알도 레오폴드의 수필집으로 현대 환경운동의 바이블로 불리는 책)에 나오는 구절이 떠올랐다.

행복을 천당으로 몰아낸 것처럼 그곳은 우리가
이번 생에는 영원히 닿을 수 없는 곳인 것 같았다.

방으로 돌아와 침낭 속으로 파고들 때 갑자기 이런 생각이 들었다. 한밤중에 화장실에 가는 건 이제 더 이상 고통스러운 일이 아니다. 오히려 약간은 기쁜 일인 것도 같다. 나에게는 항상 많은 행운이 따랐다. 산은 나에게 곁을 내어주고, 나를 보살펴 주고, 신들이 가장 심혈을 기울여 만든 선물을 선사하기까지 했다. 전혀 예상치 못한 순간에 친구와 나란히 설원에 서서 이번 생에 여한이 없을 만큼 아름답고 찬란한 밤하늘을 감상했다. 내가 선택받은 산의 아이라는 사실을 이제는 믿을 수밖에.

각자의 방식대로 누리는 산

더 많은 산을 넘는 사람이 있는가 하면,
더 많은 바람을 기다리는 사람도 있다.
각자의 방식대로 누리는 산이야말로
길에서 겪는 최고의 경험이다.

오후의 산장 안은 고요했다. 우리는 새벽 2시에 출발해 다바췬펑을 등반하고 산장으로 돌아왔다. 못 잔 잠을 보충하고 있는 동료들이 낮게 코 고는 소리가 여기저기서 들려왔다. 오늘 거의 12시간을 걸었지만 나는 그다지 피곤하지 않아서 공용 침대에 앉아 일기를 쓰기 시작했다. 그러다 지쳐서 잠시 고개를 들어 창밖을 한 번 바라보고 목을 뒤로 젖히는데, 맞은편 위쪽 침대에서 누군가의 시선이 느껴졌다.

나는 보통 정면에서 바라보는 시선을 상당히 어색해하는 편인데 웬일인지 이번에는 함께 마주 보았다. 막 대학을 졸업한 듯 보이는 짧은 머리의 여자아이였다. 동그란 호박색 안경을 코끝에 걸친 채, 놀다 지친 어린 골든 레트리버처럼 통로를 바라보고 엎드려서는 팔에 아래턱을 괴고 있었다. 천진난만하면서 다소 몽롱한 눈빛이었다.

하지만 나를 바라보고 있다고 생각한 건 내 착각이었다 그 투명한 시선은 나를 통과했다. 어느 한 지점에 시선을 고정한 채 멍하니 있는 것뿐이었다. 주주산장은 위산의 파이윈산장이나 치라이난화의 롄츠 산장처럼 넓은 편이 아니다 보니 오후에 비좁은 롱먼 1호 산장에서 깨어 있는 건 우리 둘뿐이었다. 이런 공간 안의 밀접한 공기는 오히려 나를 자유롭게 만들곤 한다. 나는 펜을 내려놓고 먼저 인사를 건넸다.

"하이, 왜 혼자예요? 친구들은?"

그 애가 속눈썹을 들어 올리더니 눈동자가 천천히 나를 향해 초점을 맞추었다. 엎드린 자세 그대로 그녀가 대답했다.

"잘 몰라요. 저 혼자서 돌아왔어요."

나는 깜짝 놀랐다. 어젯밤 잠자리에 들기 전 그 애를 포함한 소녀 세 명이 소곤소곤 이야기하는 걸 무의식중에 들었기 때문이다. 산장에서 하는 이야기는 대체로 비밀이 없는 법이다.

"어젯밤에 우연히 듣기로는 백악에 처음으로 도전한다고 하던데. 그럼 오늘 다샤오바에 혼자 다녀온 거예요?"

"네."

"친구들이 기다려주지 않았어요?"

"네. 그 애들은 걸음이 빠르거든요. 아마 지금쯤이면 젠이쩌산과 자리산을 모두 넘었을 거예요. 저는 다바젠산만 겨우 다녀왔고요. 샤오바젠산은 암벽을 올라야 해서 저 혼자는 갈 수 없었어요."

"아······."

나는 진심으로 그 애를 위로해 주고 싶었다. 하지만 무슨 말을 어떻게 해야 할지 몰라서 그저 최대한 다정함을 담아 말꼬리를 늘어뜨렸다.

　　잠시 후 그 애가 갑자기 몸을 일으키더니 위쪽 침대에서 아래쪽 침대로 내려와서는 내 발 옆에 섰다. 그러고는 눈으로 내 장비를 훑기 시작했다. 마치 호기심 많은 강아지가 이리저리 킁킁대며 냄새를 맡는 것 같은 모습이었다. 나는 아예 일기장을 덮고는 흥미진진하게 그녀를 지켜보았다.

　　"이건 뭐예요?"

　　"MSR 윈드 버너 스토브예요. 좀 특이하게 생겼죠? 아래쪽의 이 개폐식 설계가 바람의 영향을 최소화시켜서 가스의 기화를 도와주는 거예요."

　　나는 회전식 스토브의 바닥을 자세히 보여주었다. 그 애는 바짝 다가오는가 싶더니 다시 뒤로 한 발짝 물러났다. 안경을 밀어 올리며 자신은 봐도 잘 모른다며 웃었다. 장비는 너무 어렵고 또 많다는 것이다. 며칠 전 배낭 하나를 고르는 데도 쏟아지는 전문 용어에 뒷걸음질 치다가 신참내기처럼 보이고 싶지 않은 마음에 그냥 고개를 끄덕거렸다고 했다. 그러다 결국 초보자에게는 맞지 않은 최고급의 대형 배낭을 사고 말았다는 것이다.

"상점 직원은 제가 앞으로 자주 산을 오르게 될 거라면서 다들 그런다고 하더라고요. 그러니까 이참에 아예 최고로 장만하라고 했어요. 그런데 저는 이번 한 번으로 충분해요. 다시는 산에 오르고 싶지 않거든요."

나는 웃으면서 그 애를 위로해 주었다. 장비는 사용할 수만 있으면 되고, 등산복도 내 마음에 들면 그만이라고 말했다. 내가 산을 좋아하는지 아닌지 혹은 앞으로 산을 자주 오를지 여부는 산장에서는 보통 감을 잡을 수가 없다. 산을 그리워하는 마음은 산을 떠나봐야만 아는 것이다.

"그리고 혼자서 첫 백악을 완주했잖아요. 그건 저도 못하는 건데, 정말 대단해요!"

그 애는 부끄러운 듯 고개를 숙이고 멋쩍게 웃어 보이더니 또 금세 눈시울이 붉어졌다. 창밖에서 별안간 저녁 햇살이 쏟아져 들어왔다. 자욱했던 안개가 걷힌 것이다. 막 산에서 내려온 한 무리의 발자국 소리와 떠들썩한 말소리가 오래된 산장의 유리창을 통과해 안에까지 전해졌다. 나는 그녀의 팔을 잡아당겼다.

저녁밥을 먹으러 식당에 들어서니 그 애와 친구들이 라

면을 먹으면서 휴대전화 속 사진을 보고 있었다. 어깨를 바짝 붙이고 앉아 사이좋게 음식을 나누어 먹고 이야기를 나누면서 큰 소리로 웃음을 터뜨리기도 했다. 소녀들의 웃음소리는 언제 들어도 이처럼 찬란하다.

우리의 인생길도 이와 같지 않을까. 내 곁에 있는 사람이 모두 나의 동료이고 늘 누군가는 나와 함께할 줄 알았다. 하지만 누구나 자신만의 목표가 있고 제각각 익숙한 걸음걸이가 있기 마련이다. 마침 목표가 일치하는 누군가를 만났다 해도 각기 다른 속도로 인해 누군가는 앞서가고 또 누군가는 뒤처질 수 있다.

더 많은 산을 넘는 사람이 있는가 하면, 더 많은 바람을 기다리는 사람도 있다. 각자의 방식대로 누리는 산이야말로 길에서 겪는 최고의 경험이다.

누군가는 나와 잠깐 함께 걷고 또 누군가는 나와 잠시 헤어질 수도 있다. 하지만 목적지에 도달하면 모두 서로 마주 보고 웃을 것이다. 설령 긴 여정에서 서로 엇갈린다 해도 상관없다. 언제 어느 순간에도 나는 나답게 이 길을 누리고 있기 때문이다.

너와 함께 시간을 낭비하고 싶다

나는 너와 함께 시간을 낭비하고 싶다.
퇴근 후 차에 앉아 쓸데없는 얘기로
저녁 식사를 대신하는 것처럼.
설산의 백 번째 일출을 기다리지만
이번에는 네 어깨와의 거리가 10센티미터인 것처럼.

너와 함께 시간을 낭비하고 싶다.
산장에서 헤드랜턴을 켜고
너의 고등학교, 대학교 시절
모든 짝사랑을 비춰 보는 것처럼.
최고봉에서 해가 진 뒤
할 말을 잃게 만드는 아름다운 별빛 하늘을 바라보느라
내가 밤을 새우는 것처럼.

네 번째 커피
열세 번째 자유형
다섯 번째 산 첫 번째 텐트에서의 기상 때도
너는 늘 사랑스럽기만 하다.

야영지 생활에선 아무것도 숨길 수 없다

만일 교제하는 사람과 미래를 함께할지 말지
확신이 서지 않는다면,
그 사람과 2주 이상 함께 길을 걸어 보라고 조언하고 싶다.
그러면 틀림없이 답을 얻을 것이다.

나는 산장에서 일기 쓰는 걸 좋아한다. 산장의 따뜻함과 한가로움이 마음을 풍족하고 편안하게 만들기 때문이다. 보통은 식사와 식사 사이 시간에 침낭 속에 틀어박혀 글을 쓰는 편이다. 산장에 도착하면 강인했던 체력도 어느 정도 소모되기에 다들 공용 침대에 기대어 앉거나 누워서 띄엄띄엄 한두 마디씩 주고받는다. 대다수의 대화가 바로 이때 이루어지는데, 대체로 스토리가 뚜렷하고 구체적이어서 옮겨 적기에 그만이다. 이처럼 평범해 보이는 일상이 내가 산에서 가장 좋아하는 시간이다.

야영지에서의 생활은 기록하기가 쉽지 않다. 계곡, 눈밭, 호숫가, 길목 어디에서 야영을 하든 늘 분주하기 때문이다. 야영지를 정돈하고, 텐트를 치고, 빨래하고, 몸을 씻고, 땔나무를 주워 와서 불을 지피고, 물을 정수해서 음식을 만든다. 잠시도 한가할 틈이 없다. 게다가 일기를 쓴다고 귀한 전력을 낭비할 수도 없는 노릇이다.

이처럼 장거리 트레킹에서의 야영은 몸도 마음도 고달프다.

장기간에 걸쳐 산을 종주하거나 먼 길을 걷고 나면 산을 내려와서도 한동안 가슴이 설렌다. 이럴 때 친구가 이번 여정이 어땠는지 물으면 나는 사람들 사이에서 있었던 이야기를 가장 즐겨 들려준다. 그중에서도 야영지에서의 생활이야기는 가장 환영받는 소재다. 가끔 이런 생각을 한다. 만일 교제하는 사람과 미래를 함께할지 말지 확신이 서지 않는다면, 그 사람과 2주 이상 함께 길을 걸어 보라고 조언하고 싶다. 그러면 틀림없이 답을 얻을 것이다.

야영지에서 우리는 산 아래와 유사하지만 또 다른 생활양식을 가진다. 그리고 그건 그 사람의 가장 핵심적인 '생활신조'일 가능성이 높다. 산 위에서든 아래에서든 한 사람이 무장을 풀고 진실한 자신을 드러내는 과정은 사전에 어떤 징조도 없이 이루어질 것 같지만, 주의를 기울여 살펴보면 하나의 구름이 어떻게 다른 모습으로 변하는지 관찰할 수 있다. 가득하던 뭉게구름이 오후에 갑자기 사라져 버린다거나 가냘프기만 하던 새털구름이 어느 순간 하늘에 얇은 날개를 쫙 펼친다. 이러한 변화는 순식간이지만 야영지 생활이야말로 이를 자세히 볼 수 있는 절호의 기회다. 상대방이 어두운 밤의 적막감에 어떻게 반응하는지, 길을 잃었을 때 어떤 선택을 하는지, 체력의 한계에 도달했을 때 어떤 방식으로 이겨내는지, 힘든 노동을 어떻게 받아들이는지 자세히 지켜볼 수 있다.

이를 통해 그동안 몰랐던 그 여자의 약함과 강인함, 교만과 이기심을 엿볼 수 있다. 그녀가 보호자로서 온화하면서도 확고한 걸음을 내딛는 모습을 볼 수 있다. 못 하는 것이 없는 능력자로 변신하여, 기울기 75도의 눈 덮인 오르막길에서 갑자기 미끄러지다 멈추어 섰을 때 마찰로 인해 손바닥에 핏자국이 가득한데도 묵묵히 일어나 엉덩이를 털면서 당신에게 안심하라는 듯 미소를 지어 보일 수 있다.

동시에 그 남자를 깊이 들여다볼 수 있다. 장시간 누군가를 책임지고 보호해야 하는 역할이 주어졌을 때 여전히 한껏 허세를 부리는지, 아니면 당연하다는 듯 더 힘들고 어려운 임무를 도맡아 하는지 지켜볼 수 있다. 또는 온 천지가 눈으로 뒤덮여 길을 잃고 말았을 때 자진해서 팀을 이끌면서 가파르고 미끄러운 계곡에서 당신에게 손을 내미는지, 아니면 잘못된 선택에 대한 압박감 때문에 지도조차 꺼내 보지 않고 다른 사람의 결정만을 기다렸다가 야영지에 도착해서는 배낭을 아무렇게나 던져놓고 한쪽 편에 앉아서 휴대전화를 꺼내 드는지 직접 확인할 수 있다.

거친 들판의 야영지에서는 아무리 감추려 해도 아무것도 감출 수 없다.

그렇기에 나는 함께 산을 오른 동료와 그들과의 우정 그리고 산속에서의 이야기를 그 무엇보다 소중하게 여긴다. 그들은 계산하지 않으며 사심 없이 음식을 나누고 함께 웃는다. 고난을 함께 헤쳐 나가며 심지어 생사를 함께하기도 한다. 상대에게 자신을 내어주는 데 조금의 망설임도 없으며, 길을 잃었든지 곤경에 처했든지 늘 함께 가고자 한다.

그녀들의 산 그리고 나의 산

반짝반짝 예쁜 얼굴로 등장하는 건 불가능하며
피곤할 때는 그냥 길가에 누워 잠을 잔다.
향긋하고 가냘프면서 보호 본능을 유발하는 건
나와는 거리가 먼 얘기다. 하지만 상관없다.
그녀들의 산과 다른 나 같은 여자의 산도 있는 법이다.

나는 그녀들과 산에 오르는 걸 좋아한다. 이런 시작이 좋다.

여자는 장비와 옷가지를 침대 위에 가지런히 배열해 놓고는 열심히 사진을 찍으면서 나에게 묻는다.

"빨간색 겉옷이 좋을까, 아니면 핑크가 좋을까?"

여자는 자원해서 산중 요리사를 맡는다. 일주일 전 미리 메뉴를 알려주고 샘플 사진도 공개하며 계란을 반숙과 완숙 가운데 고를 수 있게 한다.

여자는 토마토와 포도까지 세심하게 챙긴다. 수분이 많으면 즉석에서 무언가를 먹기에도 편리하다.

여자의 비상식량은 언제나 달콤하고 로맨틱하다. 설탕에 절인 과일, 초콜릿, 장미 맛 사탕, 사탕귤 (중국에서 주로 재배하며 일반 귤보다 훨씬 당도가 높고 크기가 작은 귤).

이런 길이 좋다.

여자는 비탈길을 오를 때 뒤돌아보면서 뒷사람에게 응원을 아끼지 않는다.

"조금만 더 힘내세요! 곧 쉴 수 있어요!"

남자는 빠른 걸음과 긴 다리로 한순간에 휙 하고 사라져 버린다.

　휴식시간에 여자는 주변을 말끔히 정리한 뒤 손수건을 한 장 깔아 두고는 여기에 앉으라고 당신을 부른다. 남자는 땅에 엉덩이가 닿자마자 바로 드러누워 버리면서 배낭은 아무 데나 던져 둔 채 옷으로 땀을 닦는다.

　화장실에 가고 싶다고 하면 여자는 즉시 이리저리 살펴보면서 함께 은밀한 장소를 찾아준다. 반면 남자는 또 화장실에 간다고? 여기서? 이렇게 말하면서 하필 가리키는 장소가 가리는 것 하나 없이 탁 트인 풀밭이나 능선이다.

　산장에 도착하면 여자는 바로 물티슈를 꺼내 땀을 닦고는 따뜻한 밀크티를 한 잔 만들어 마신다. 남자는 일단 이부자리부터 깔고 고약한 냄새가 나는 채로 침낭 속으로 파고들어 가서 잠을 청한다.

　이런 새벽이 좋다.

　여자는 밤새 거의 뒤척임 없이 새근새근 잠을 자고 일어나서는 살금살금 걸어 나가 세수를 하고 머리를 빗는다.

　환한 하얀색 털모자를 쓰고 청초한 민낯으로 아침 일찍 등장한다.

검은 숲으로 걸어 들어가는 여자의 발자국 소리가 조심스럽다. 좁은 오솔길이 넓어지면 내 곁으로 다가와 나란히 걷는다.

일출을 바라보는 여자의 눈이 반짝거린다. 동공은 호박색 바다 같고, 속눈썹은 물결처럼 일렁거린다.

이런 돌아가는 길이 좋다.

천천히 비탈길을 걸어 내려가면서 여자는 이야기를 시작한다. 아무도 들어주지 않던 슬픈 이야기에 이슬처럼 투명한 눈물이 흘러내린다.

여자는 당신의 뒷모습과 옆모습 혹은 말하면서 웃음을 터뜨리는 사진들을 휴대전화로 전송해 준다. 당신이 미처 눈치채지 못한 아름다운 순간들을 놓치지 않고 기록한다.

하산하면서 긴장이 풀린 여자는 발걸음도 가볍고 웃음소리도 사랑스럽다. 아직 등산로 입구에 도달하기도 전에 즐겁게 다음 산행을 약속한다.

이제 헤어져야 하는 시간, 여자는 갑자기 목이 메어서는 당신과 뺨을 마주 대며 꼭 끌어안는다.

그녀들의 산은 늘 이렇게 향기롭고 달콤하다. 그런데 나는 하필 이와는 정반대다.

산에서는 일주일 내내 머리를 감지 않는 일이 다반사고 비상식량은 언제나 육포와 말린 두부뿐이다. 선크림은 발라 본 적이 없으며 스포츠 언더웨어는 빨아서 가방에 대충 걸쳐 놓고 말린다. 산 요리는 꿈도 못 꾸는 데다 내가 만든 걸 먹는 이유는 오직 살기 위해서다. 반짝반짝 예쁜 얼굴로 등장하는 건 불가능하며 피곤할 때는 그냥 길가에 누워 잠을 잔다.

향긋하고 가냘프면서 보호 본능을 유발하는 건 나와는 거리가 먼 얘기다. 하지만 상관없다. 그녀들의 산과 다른 나 같은 여자의 산도 있는 법이다.

산 위에서만 느낄 수 있는 맛

산에서 나를 배부르게 하는 건 라면도 건조 밥도 아니다.
조리할 필요 없는 달빛과 은하수, 신선하고 뜨거운
황금빛 일출, 시원하고 청량한 별들이다.

우리 부모님은 요리를 상당히 잘하는 편이다. 내가 우리 부모님의 요리 실력을 칭찬하는 건 자화자찬 같아 설득력이 없어 보이지만 아버지 별명이 팡 셰프(저자 아버지의 성을 따서 붙인 별명)라면 어느 정도 이해가 갈 것이다.

그렇다 보니 과거 교제하는 사람이 일단 우리 집에서 밥을 한 끼 먹고 나면 그때부터 부모님께 요리를 좀 배우라고 끊임없이 나를 채근하기 일쑤였다. 또는 주말에 함께 영화를 본 후 저녁 식사 시간이 되기도 전에 나를 서둘러 집에 데려다 주고는 주방에서 분주하게 움직이는 부모님에게 고개를 내밀고 친근하게 인사를 건넨다. 그러면 부모님은 그냥 보낼 수 없으니 함께 저녁을 먹고 가게 했다.

사실 요리 실력이 출중한 부모님 밑에는 입맛이 까다로운 아이만 있을 뿐이다. 주방은 늘 그렇듯 아이가 머무는 공간이 아니며 호흡이 척척 맞는 부부만의 공간이다.

아무리 그렇다 해도 부모님을 산에 모시고 갈 수는 없기에 나는 어쩔 수 없이 간단한 산 요리를 배우기 시작했다. 혹은 산 위에서 비로소 내가 만든 요리를 먹기 시작했다고도 말할 수도 있다. 그런데 입맛이 까칠한 나에게는 생각지도 못한 재능이 있었다. 나의 빈약한 요리 가운데 한두 개는 상에 올려도 될 만큼 수준급이었다. 아마도 이건 우리 부모님도 예상치 못한 바일 것이다.

먹는 건 중요하다. 그런데 무엇을 먹는지도 중요할까?

산에서 먹는 음식은 무엇보다 장소가 중요하다. 무엇을 먹는지는 중요하지 않지만, 어디서 먹느냐는 꽤 중요하다. 같은 음식도 4,000미터 고산에서 먹으면 그 맛에 감동해 눈물을 펑펑 쏟게 된다. 땅콩 잼을 듬뿍 바른 견과류 부리토나 직접 만든 귀리 시리얼 벌꿀 에너지바 같은 것이 그렇다. 그 다음으로 중요한 건 간단한 조리법이다. 물만 끓여서 부으면 풍성한 한 끼 저녁 식사가 되는 닭다리 살 율무죽이나 말린 두부 짜장면 같은 것이다. 산에서는 지지고 볶고 끓인 적이 단 한 번도 없다. 쉬지 않고 16시간의 행군을 마친 상태에서는 언제나 조리법보다 속도가 우선인 법이다.

미각 외에 모든 몸의 감각이 완전히 지쳐버린 상황에서는 아무리 입맛이 까다로운 사람이라도 음식에 대한 기호를 내려놓기 마련이다. 중양젠에 앉아 저 멀리 구불구불 이어진 아름다운 산들을 바라보거나 마티 산맥 트레킹 길에서 네팔의 유명한 마차푸차레 산을 마주하고 있으면 토스트 한 조각이나 에너지바 한 개라도 진수성찬이 따로 없다.

산에는 나를 배부르게 하는 건 라면도 건조 밥도 아니다. 조리할 필요 없는 달빛과 은하수, 신선하고 뜨거운 황금빛 일출, 시원하고 청량한 별들이다. 잣 하나로 숲 전체를 음미하고, 나무 꼭대기에 걸린 바람을 집어 들며, 태양이 계곡물에 뿌린 반짝이는 햇살을 함께 곁들인다. 이 모든 건 무료로 제공되는 음식이다. 너무 많이 먹어서 배가 부를 지경이다.

하지만 내 기억에 가장 오래도록 남아 있는 음식은 따로 있다. 어느 해인가 하늘이 밝아 오기 직전 영하의 눈밭에서 내 텐트의 문이 조금 열리더니 YO가 덜덜 떨리는 두 손을 내밀었다. 조금 전 따뜻한 텐트 안에서 몸을 일으켜 앉은 나는 밖에서 몸을 웅크리고 있는 그녀의 모습을 어렴풋이 본 것 같았다. 달빛 아래에서 헤드랜턴을 켠 채 바람을 맞아가면서 나를 위해 뜨거운 커피를 내린 것이다. 그건 내가 지금껏 마셔 본 커피 중에 단연 최고였다.

사랑하는 이들을 그리워하는 밤

방 안 가득 낯선 이들과 난롯가에 둘러앉아
소박하지만 정성 어린 산 요리를 맛보면서
먼 곳에 있는 사랑하는 이들을 그리워한다.

12월 하순이면 네팔의 히말라야 산맥은 해발 2,500미터 위로는 일제히 눈이 내리기 시작한다. 그렇다 보니 고지대에 위치한 산장에는 대부분 난로가 설치되어 있다.

요 머칠 우리가 머물고 있는 산장은 고지대의 숲속에 위치해 있다. 산장 메인 건물의 정중앙에는 거대한 난로가 자리 잡고 있는데, 장작을 때면 온 건물이 후끈 달아오를 정도다. 영하의 날씨로 인해 창문에는 김이 잔뜩 서려 있다. 점심 식사 시간이 끝나자 사람들이 하나둘 난로 주변으로 모여들기 시작한다. 따스한 기운에 눈이 스르르 풀려서는 반쯤 누운 자세로 조용히 난로를 응시하고 있다. 이따금 장작이 쪼개지는 소리만 들릴 뿐이다.

잠시 후 누군가 일어나더니 몸을 웅크린 채 밖으로 나간다. 그리고 대야에 눈을 한가득 퍼서 들어와서는 난로 위에 올려둔다. 모두의 눈길이 붉게 타오르는 불길에서 눈이 툭툭 소리를 내며 녹는 대야로 옮겨간다. 그러다 물이 끓어오르면 한 컵씩 떠서 호호 불어가며 마신다.

밤에 잠이 오지 않는다. 이곳의 밤은 눈과 얼음 그리고 캄캄한 어둠 속에서 잠들지 못해 이리저리 뒤척이는 괴로움뿐이다. 따라서 밤에 조금이라도 잘 자기 위해서는 낮에 반드시 깨어 있어야 한다. 마치 미래의 안락한 노년을 위해 젊은 시절 열심히 일에 몰두하는 이치와 마찬가지다. 때론 삶에서 가장 견디기 힘든 무언가를 피하기 위해 우리 생명 가운데 가장 귀중한 것을 내놓아야 할 때가 있다. 이렇게 맞바꾸어야만 안정을 얻을 수 있다.

낮에 잠을 잘 수 없으니 무언가를 해야만 한다. 먼저 2시간 정도 멍하니 앉아 있다가 또 2시간 난롯불을 응시한다. 이럴 때 가장 신나는 일은 산장의 메뉴에 대해 이러쿵저러쿵 이야기를 늘어놓는 것이다.

네팔 산장에서 제공되는 음식은 메뉴판이 따로 있을 정도로 엄청나다. 메뉴판을 넘겨보면 거의 네 페이지 가득 음식 이름이 적혀 있다. 그런데 100곳이 넘는 산장의 메뉴가 대개 비슷하다. 볶음밥, 볶음국수, 찐만두, 현지 정식, 시리얼, 죽, 샐러드 등이다. 물론 타이완 산장에 비하면 음식이 훨씬 다양하고 훌륭하다. 게다가 세 끼 모두 정시에 제공되니 네팔의 산에 오면 통통해져서 돌아갈 가능성이 높다.

하지만 오늘은 섣달그믐날 밤이다. 나는 오늘만은 꼭 먹고 싶은 것이 있다. 태어나서 처음으로 가족과 둘러앉지 않은 그믐날이다. 혈연의 강력한 속박 같은 건 더 이상 존재

하지 않으며, 서로의 꿈과 행복을 응원하는 다정한 마음이 그 자리를 대신했다. 이것이야말로 가족만이 해줄 수 있는 배려일지도 모른다.

뜨끈한 죽 한 그릇을 주문했다. 섣달그믐날 밤, 나는 방 안 가득 낯선 이들과 난롯가에 둘러앉아 소박하지만 정성 어린 산 요리를 맛보면서 먼 곳에 있는 사랑하는 이들을 그리워한다.

내가 왜 여기 있는지 모른다고 해도

설령 지금 당신이 모든 존재의 이유를 상실했다 해도,
왜 여기에 와 있는지 모른다 해도,
지금 이별을 준비 중이거나 이미 이별을 통보받았다 해도,
나는 그 모든 걸 이해한다고 당신에게 알려주고 싶다.

아직도 우리가 마주친 그 순간을 잊지 못한다. 둘 다 울음을 터뜨리고 말았다.

출발 전 나는 퍼시픽 크레스트 트레일(멕시코와 미국 국경에서 시작해 캐나다 국경까지 이어지는 미국 3대 트레일 코스 중 하나)을 걷고 있는 장거리 트레커 나이윈, 샤오츄와 연락을 주고받으며 계속 그곳의 눈 상황을 전해 듣고 있었다. 그해 이상 기후와 갑작스러운 폭설이 모든 트레커들의 일정에 혼란을 초래하고 있었다. 7월 초인데도 산 위에 쌓인 눈은 녹을 기미조차 보이지 않았다. 대다수의 트레커들이 엄청난 눈으로 덮여 있는 시에라네바다 산맥 지역을 건너뛰고 그곳보다 더 북쪽 지역으로 향하는 결정을 내렸다. 하지만 샤오츄는 '모든 길을 걷는다'는 초심을 지키기 위해 원래 일정 그대로 강행했다. 눈길 트레킹 경험이 전혀 없는 나는 그 여정이 얼마나 고되고 힘들지 잘 알고 있었다. 하지만 이미 비행기표도 샀고 배낭도 짊어진 마당에 내 눈으로 직접 '갈 수 없다'는 사실을 확인해야만 마음을 접을 수 있을 것 같았다.

샌프란시스코에 도착한 날, 두근거리는 마음으로 식량을 부치고 장비를 점검하며 사전 준비를 마쳤다. 이제 내일이면 요세미티 국립공원의 레드 메도우로 출발할 것이다.

첫째 날, 길을 잃고 헤맨 거리까지 포함해서 총 30킬로미터를 넘게 걸었다. 저녁 9시가 다 되어서야 버지니아 레이크 야영지에 도착했는데 너무 힘든 나머지 눈물이 핑 돌았다.

둘째 날, 다들 눈길에서의 장거리 트레킹 경험이 없는 탓에 일정이 지연되었고, 해가 진 뒤에 불어닥친 찬바람이 우리의 전진 속도를 더욱 더디게 했다. 결국 약속한 야영 장소에 도착하지 못하고 이름 모를 눈밭에서 하룻밤을 지내게 됐다. 사방이 눈으로 뒤덮인 벌판에서 얼어붙을 것 같은 추위 때문에 밤새 한숨도 못 자다가 다음 날 일찌감치 버밀리언 밸리 리조트와 세인트 메리 레이크 방향으로 출발했다.

셋째 날, 길을 걷는데 문득 이런 생각이 들었다. 이렇게 이리저리 헤매면서 느린 속도로 전진한다면 나이윈 일행과 만날 가능성은 거의 희박하다. 완전히 방향감각을 상실하고 돌아다니다가 잠시 작은 시냇가에 들러 허리를 굽히고 물을 여과했다. 그리고 돌아서서 원래 위치로 돌아오는데 눈앞에 완전히 다른 풍경이 펼쳐졌다. 결국 그날 오후 나는 폭이 30센티미터도 안 되는 좁은 오솔길에서 나이윈과 극적으로 마주쳤다.

그 순간 우리는 모두 울음을 터뜨리고 말았다. 눈 덮인 비탈을 기어오르고, 느닷없이 추락하고, 길이 붕괴되었기 때문이 아니었다. 또 수없이 많은 급류를 가로지르고, 얼음장 같은 시냇물에서 물을 푸고, 길을 잃었다는 절망감에 시도 때도 없이 휩싸였기 때문도 아니었다.

그건 네가 그리고 내가 얼마나 용감했는지 잘 알기 때문에 흘리는 눈물이었다. 바로 내가 자신을 이 순간으로 이곳 30센티미터의 오솔길로 이끌고 왔음을 알기에 흘러내린 눈물이었다.

당연히 사는 건 늘 어렵다. 하지만 어떤 어려움은 쉽게 변할 수도 있다. 쉬워지는 건 우리가 어떻게 하느냐에 달렸다. 그건 이 여정이 우리를 여물게 하는 과정이기도 하다.

삶이란, 이처럼 긴 시간 동안 많은 용기를 필요로 한다. 절망하지 말라고 수없이 자신을 다독여야만 한다.

설령 지금 당신이 모든 존재의 이유를 상실했다 해도, 왜 여기에 와 있는지 모른다 해도, 지금 이별을 준비 중이거나 이미 이별을 통보받았다 해도 나는 그 모든 걸 이해한다고 당신에게 알려주고 싶다. 나도 이미 겪어봤다고, 괴로

워하고, 잃어버리고, 상처받고, 완전히 무너져 내렸다고 말
해 주고 싶다.

그리고 눈을 감고 당신을 안아 주고 싶다. 포옹이 필요
한 매 순간 나는 당신을 안아 줄 것이다. 그리고 천 번이고
만 번이고 속삭여 줄 것이다. 당신은 지금 아주 잘해내고
있다고, 이미 그 자체로 충분히 훌륭하다고.

산에서 알게 된 것

산속에서 너는 더욱 너다워지고
산속에서 나는 더욱 나다워진다.
몸이 중량에 성실히 반응하는 건
숲이 바람에 반응하는 것과 같다.

산 아래 사소한 갈등에도 괴로워하던 너는
결국 이해하는 법을 연습 중이다.
지구가 계속 돌고 은하수가 끊임없이 흐르는 건
구름과 숲이 바람을 걱정하지 않는 것과 같다.
바람에게는 언제나 바람만의 방법이 있다.

04
산과 나 사이

나는 산과 산 사이를 한 단위로 시간을 계산한다.
그 사이의 시간 동안 나는 산을 그리워하며 견뎌낸다.
때론 현실은 9시 출근 6시 퇴근처럼
또는 일상의 자질구레한 일을 처리할 때처럼
시간을 경직시켜 버린다. 그래도 상관없다.
그 숲과 그 사람을 떠올리다 보면
조용히 다음 산을 기다릴 수 있다.

산이 나를 부르고 있기에

우리는 길 위에서 발효되고 또 발효된다.
피로로, 시차로, 불면의 밤으로 발효된다.
그렇게 발효된 결과 미지의 길 위에 설 믿음과 용기를 얻는다.

타이완의 타오위안 국제공항에서 태국 방콕의 돈므앙 국제공항으로 향하는 야간 비행기 안은 한껏 들뜬 젊은이들의 열기로 가득했다. 비행기는 새벽 1시 반에 이륙해 조급하고 흥분된 비행을 5시간 동안 이어갔다. 나는 잠깐 눈을 붙였다고 생각했는데 눈을 떠보니 어느새 13도의 타이베이에서 30도의 방콕에 도착해 있었다. 내가 입은 엄청난 부피의 양털 옷과 오리털 패딩은 공항에서 유난히 눈에 띄었다. 주변에는 태국으로 직행하는 반소매에 반바지, 슬리퍼 차림의 여행객들이 대부분이었다. 다들 얼굴에 흥분과 웃음이 넘쳐흘렀다. 젊은 여성들의 분홍빛 발목과 보라색 매니큐어가 푸른 바다처럼 넘실댔다.

　　태국 돈므앙 공항에서 네팔의 카트만두로 가는 비행기로 환승하기 위해서는 7시간을 대기해야 했다. 나는 커다란 배낭을 멘 채 공항에서 사진 찍기가 취미인 태국 여행객들과 각종 면세점을 휩쓸고 다니는 중국 여행객들을 이리저리 피해 다닐 수밖에 없었다. 비좁은 공항 식당에 가재도구가 담긴 묵직한 배낭을 내려놓고는 감기에 걸려 무슨 맛인지 모르는 태국식 익힌 야채 요리를 먹었다. 그런 다음 비틀비틀 공항 구석진 곳을 돌아다니다가 드디어 팔걸이

없이 하나로 이어진 의자들을 발견하고는(게다가 옆에는 콘센트까지 있었다!) 가로로 누워 바로 곯아떨어져 버렸다.

산까지의 이동은 늘 이렇게 길고 지루하지만 별다른 도리가 없다. 전체 이동 과정은 여러 구간과 다양한 이동수단으로 나뉜다. 바깥의 신선한 공기를 마실 때는 이미 다른 나라에 와 있는 경우가 대부분이다. 때론 재미없고 무미건조한 도로를 따라 이동하기도 한다. 샌프란시스코에서 요세미티 국립공원으로 갈 때가 그랬다. 또 때로는 일본 군마현을 향해 달려가는 야간열차를 탔을 때처럼 낡고 깔끔한 객실 안에 단정한 자세로 앉아 조용히 잠든 채로 이동하기도 한다.

하지만 이번에는 느리고 안정적인 육상 이동이 아니라 비행기가 제각기 목적지가 다른 여행객을 실어 나르는 공중 이동이다. 나는 저가 항공의 비좁은 좌석에 앉아 기내 여기저기서 풍겨 오는 음식 냄새를 맡으면서 눈을 감고 속으로 시차를 계산해 보았다. 앞으로 30분 후면 해발 1,400미터에 위치한 네팔의 수도인 카트만두에 도착한다. 그리고 바로 국내선 항공기로 환승해 포카라로 날아가서는 차를 몰고 칸데 등산로 입구로 달려간다.

산에 가까워지기 위해서는 이 방법밖에 없다. 등산로 입구에 도착해 첫발을 내딛기 전까지 늘 이렇게 이동한다. 그렇게 우리는 길 위에서 발효되고 또 발효된다. 피로로, 시차로, 불면의 밤으로 계속 발효된다. 그렇게 발효된 결과 미지의 길 위에 설 믿음과 용기를 얻는다.

좁은 비행기 안에 앉자 줄곧 바쁘게 달려온 탓에 피로가 몰려왔다. 나는 눈을 감았다. 마치 돛을 잃은 한 척의 배가 된 느낌이다. 하지만 그런 순간에도 삶은 멈추지 않는다. 그 거대하고 힘찬 흐름은 나를 끊임없이 앞으로 나아가게 만든다. 그렇다. 나도 잘 알고 있다. 이것은 내가 선택한 출발이다. 산이 나를 부르고 있기에.

그러니 계속 걸을 수밖에

때론 나의 상처를 벌려보기 위해
길을 나서야 할 때가 있다.
무엇 때문에 상처 입었는지
그 안을 들여다보기 위해서 걷는 것이다.

나는 존 뮤어 트레일을 좋아한다. 두 해 연속으로 그곳에 잠시 머물다 올 정도로 상당히 좋아하는 편이다. 그곳을 떠나 타이완에 돌아온 지금도 이유는 모르겠지만 그 길 중간에 위치한 작은 마을로 돌아가고 싶은 마음이 간절하다. 정확하게 설명할 수는 없어도, 비숍이라는 작은 마을에 깊이 매료되었고, 나의 요즘 상태에도 잘 어울린다고 생각했다.

비숍의 트레커들은 보통 두 부류로 나누어진다. 완전히 망가진 모습의 사람들과 반대로 지나치게 양호한 상태의 사람들이다.

망가져 보이는 이들은 대부분 퍼시픽 크레스트 트레일의 전 구간을 걷고 있는 트레커들이다. 남녀 할 것 없이 모두 헝클어지고 긴 머리를 하나로 질끈 동여매고 있다. 몸에 걸친 장비는 여기저기 파손되어 수선이 필요한 상태이며, 상의는 강한 햇빛에 색이 바래서 눈빛마저 퇴색되어 보인다. 피곤과 고독이 묻어나는 눈빛과 까무잡잡하고 여윈 몸은 묘한 조화를 이룬다. 장기간의 트레킹은 그들을 말로 형용할 수 없는 경지에 도달하게 만든다. 산을 바라보고 있지만 그들이 보는 건 산이 아닐 때도 있다. 자신을 소유한 것 같지만 동시에 자신을 잃는다. 야생의 예민함과 굳건하고 의연

한 기색을 지닌 이들이 바로 망가진 모습의 사람들이다.

또 다른 부류는 지나치게 양호한 상태의 사람들이다. 바로 우리처럼 말끔한 모습으로 여유롭게 존 뮤어 트레일을 걷고 있는 이들이다. 아직 길에서 시달리거나 닳지 않았고 산에게 거절당한 적도 없다. 햇볕에 붉게 그을린 피부에서는 향긋한 비누 냄새가 풍기고 강렬한 태양에 입술이 갈라지지도 않았다. 새것 같은 최신 장비를 갖추고 있으며 이제야 처음으로 신발을 갈아 신을 차례가 되었다. 식당에 들어설 때는 항상 깨끗이 씻고 양치까지 마친 상태이며, 종아리에는 거무스레하게 변한 오래된 상처가 아닌 최근에 생긴 빨갛게 부어오른 상처가 나 있다. 서로 만나면 친근하게 인사를 건네고 마을에 들르면 값비싼 등산화 전용 건조제를 사서 보충한다.

비숍은 이렇게 혼란스럽고 또 동시에 멋진 곳이다. 가끔은 나도 그들처럼 망가진 사람이 되고 싶다가도 한편으론 계속 양호한 상태이고 싶다. 이따금 송두리째 흔들려 본 그들이 부럽다가도 아직 내가 온전하다는 데 안도한다. 나는 내가 무엇을 원하는지 분명히 안다고 생각했다. 그렇게 나를 파악한 뒤 내 눈과 몸이 향하는 방향으로 거침없이 나아갔다.

멈춰서 둘러볼 필요도 고민할 필요도 없었다. 나의 타고난 직감은 어떤 메시지도 잘못 해석한 적이 없었다. 언제 과감하게 전진해야 하는지 또 언제 바로 멈추어야 하는지 분명히 안다고 확신했다. 그런데 이 작은 마을에 오니 내가 생각한 뛰어오름이 사실은 천천히 걷고 비탈을 기어오르는 일이었다. 그리고 그렇게 거칠게 자신을 찢고 또 찢는 여정을 내가 감당할 수 있을지 확신도 서지 않았다.

때론 나의 상처를 벌려보기 위해 길을 나서야 할 경우가 있다. 무엇 때문에 상처 입었는지 그 안을 들여다보기 위해서 걷는 것이다. 그것이 빠르게 아문 상처든, 안에서 썩어가는 상처든 과감하게 벌려봐야 한다. 힘이 지나칠 경우 다시 고통스러워질 수도 있다. 하지만 그렇게 하지 않으면 썩어버린 마음의 상처를 영원히 치료할 수 없다.

최근 몇 년 간 연습한 결과 내가 혼란스럽고 괴로울 때 최소한 상대방에게 나의 상태를 알릴 수 있게 되었다. 다시는 예전처럼 버림받을까 두려운 마음에 대충 얼버무리거나 내가 먼저 버리지 않는다. 그것이 자기방어든 자기 보호든 나에게 상처를 주고 또 나를 사랑하는 이를 상처 입히는 일이기 때문이다.

이렇게 비숍에는 모순적인 대립이 자연스럽게 존재하며, 이러한 혼란조차 사랑스럽고 순수하게 느껴진다. 아직도 이 마을을 떠나던 날 보았던 햇살과 꽃 그림자를 기억한다. 그 친숙하면서도 낯선 느낌이 그립다. 나에겐 아직 힘이 남아 있다는 걸 알고 있다. 그리고 내가 누구를 보호해야 하는지, 또 누구에게 보호받고 싶은지도 알고 있다.

망가지기 전에 일단 양호한 상태의 사람이 되어야겠다.

마음속에 높은 발코니 하나

한국 드라마를 보면
고층 건물에는 늘 멀리 내다볼 수 있는 발코니가 있고
높게 탁 트인 곳에서는 바람이 세게 불어온다.
그리고 다들 난간에 기대어
저 멀리 붉게 물들어 가는 석양을 배경 삼아
감동적인 대사를 읊조린다.

이건 아마도 인간의 타고난 본성인 것 같다.
탁 트인 시야와 하늘 그리고 바람이 있어야만
마음을 털어놓을 수 있다.

상처 받을 때마다 산으로 숨을 수는 없기에
우리는 누구나 마음속에 높은 발코니가 필요하다.

언제든
먼 곳을 향할 수 있도록.
숲이 비를 기다리고
기러기가 바람을 기다리듯이.

고독에 익숙해지는 법

그래서 나는 자꾸만 산으로 걸어 들어간다.
소란함과 비범함에서 멀어지고
고독과 평범함에 익숙해지기 위해서.

나의 산 친구 룬핑은 신성한 능선 등반을 위해 대형 배낭을 주문했다. 미국에서 발송된 배낭을 받은 날 그는 나에게 메시지를 보냈다.

'배낭이 정말 엄청나게 커 보여. 이 거대한 배낭에 디체 무얼 넣어야 할지 모르겠다.'

나는 이렇게 답했다.

'너는 그냥 공간이 필요한 것 같아. 너를 외롭지 않게 만들어 줄 무언가를 넣을 공간 말이야.'

그리고 저녁이 다 되어서야 답신이 도착했다.

'그러면 가방이 훨씬 커야겠는걸. 그래야 너를 넣을 수 있지.'

산은 우리에게 허가증을 요구하지 않는다. 누구나 원하면 언제든 오고 갈 수 있다. 캄캄한 밤에도 오르고, 짐승들이 다니는 길로도 다니며, 비공식적인 노선으로 비탈길을 올라가 곧장 남쪽 세 번째 구간으로 진입할 수도 있다. 그래도 산은 우리를 그냥 그곳에 머무르게 둔다.

반면 우리 마음은 허가증이 필요하다. 누구든 들어가고 싶다면 일찌감치 노선을 계획해야 한다. 만일 급하게 허가

신청을 했다가는 타이베이의 온라인 입산 신청 서비스에 서처럼 불친절한 대우를 받을 수 있다. 때론 번잡하고 장황한 신청 수속을 거친 후에 정체를 알 수 없는 조직에게 거부당하는 일도 빈번하다. 이들은 마치 거부할 수밖에 없는 확실한 이유가 있는 척한다. 예컨대 14~15킬로미터 지점의 등산로가 붕괴되어 현재 긴급 보수중이기 때문에 등산객의 안전을 고려해 입산을 전면 금지한다는 등의 이유다. 우리 마음은 허가 신청을 거부할 때 어떤 개별통지도 사전 예고도 하지 않는다. 말없이 멀게 느껴지는 눈빛, 읽었지만 답장 없는 메시지들, 이 모든 것들이 무너져 내려 가파른 낭떠러지가 되고 갈라진 강기슭이 된다.

쉐산 등산로 입구의 큰 연못에서 출발해 쉐산의 동쪽 봉우리까지 오르는 동안 룬핑과 나는 드문드문 이야기를 나누었다. 우리는 두 무리의 단체 등산객들 사이에 끼어 있었다. 우리 앞쪽은 선명한 빨강색 덮개를 씌운 배낭을 똑같이 메고 있는 등산객들이 차지했다. 나이가 지긋해 보이는 이들로 질서 있게 한 줄로 걸어갔다. 그리고 우리 뒤로는 생기 넘치는 대학생 등산부가 따라왔다. 역시나 우리보다 체력이 좋아 보였다. 그들은 가는 내내 큰 소리로 웃고 떠들면서 앞뒤로 대열을 바꾸어가며 걸었다. 정오 무렵이 되어서 우리는 쉐산 동쪽 정상에 도달했다. 그런데 내가 뒤돌아보니 대학생들은 좀 전과 달리 대열이 길게 늘어진 채 둘씩 셋씩 짝지어 느긋하게 걸어오고 있었다. 룬핑 뒤에서 걷고 있던 나는 문득 청춘은 마땅히 이렇게 허비해야 하는 게 아닌가 하는 생각이 들었다.

하지만 나의 청춘은 이미 몇 년 전에 누군가와 함께 사라져 버렸다.

369산장에 도착했을 때는 정오가 지난 지 얼마 안 된 시각이라 커다란 산장에는 나와 룬핑 둘뿐이었다. 그는 우리 두 사람의 침대를 확인하고는 늘 그렇듯 내 오른편에 가지런히 침낭을 깔았다. 그리고 책상다리를 하고 앉아 책을 읽기 시작했다. 하지만 한참이 지나도록 책장이 한 페이지도 넘어가지 않았다.

우리는 위쪽 침대에 앉아 환기창을 통해 오고 가는 사람들을 구경했다. 오래되고 낡은 유리창은 흐릿했고 김이 서려 있었다. 마치 어린 시절 골목에서 사방치기를 하며 놀던 때처럼 숨을 내쉬었다. 커서 돌아간 골목은 내 기억에 남아 있는 것보다 훨씬 좁았다.

평소 그는 말을 너무 잘해서 오히려 얄미울 정도였다. 하지만 오늘은 달랐다. 입을 꼭 다문 채 숨만 가볍게 내쉬고 있는 룬핑의 눈빛은 곧 인도양을 건널 준비를 하고 있는 잠자리 같았다. 레이스같이 얇은 그의 날개는 내가 지금껏 한 번도 보지 못한 모습으로 한없이 약해 보였다. 이제와 돌이켜 생각해 보니 그건 바로 고독이었다.

다음 날 새벽 3시의 산장은 벌써 어수선하고 시끌벅적한 소리로 가득 차 있었다. 그제야 잠에서 깬 나는 이미 장비까지 갖추고 침대 가장자리에 앉아 있는 룬핑을 발견했다. 그는 위층 침대에 걸터앉아 긴 두 다리를 흔들어대고 있었다. 나는 황급히 털모자를 쓰고 다운재킷을 걸쳤다. 하지만 포근하고 따뜻한 침낭 안을 떠나려니 약간의 용기가 필요했다.

"밤새 한숨도 못 잤어."

내 뒤에서 그의 우울한 목소리가 들려왔다.

"너는 깨지도 않고 정말 잘 자더라. 어떻게 그렇게 잘 수가 있는 거야?"

그가 물었다.

"내가 못 잘 이유가 뭐 있어? 아무 걱정도 없는데. 뭔가 걱정이 있는데 말 못하는 사람이나 잠을 못 자는 거지."

나는 그를 외면한 채 산장 문가에 서서 토스트를 한입 가득 베어 물었다. 그리고 되는 대로 밀크티를 타서 마시면서 스트레칭을 했다. 산장 일층 주방은 단체 등산객들로 꽉 차 있었다. 하얀 김과 노란 불빛이 주방을 한층 더 따뜻해 보이게 했다.

출발한 지 얼마 되지 않아서 그는 걸음이 점점 느려지더니 비탈길을 오르는 사람들의 무리에서 떨어져 나왔다. 자꾸만 뒤를 돌아보는 게 나에게 무슨 할 말이 있는 듯 보였는데 그때마다 말을 삼켜 버렸다. 헤드랜턴 불빛을 따라서 7, 8킬로미터 정도 거리에 있는 쉐산의 검은 숲으로 들어섰을 때 돌연 그가 입을 열었다.

"너는 지금 대체 뭘 열심히 좇고 있는 거야? 그리고 어떻게든 피하려고 하는 건 뭔데?"

그가 이 말을 하는 순간 야생 숲의 거친 나무 그림자가 갑자기 우리를 덮쳤다. 길 양편에 우뚝 솟은 검은 그림자는 우리가 걷는 길까지 뻗쳐 왔다. 헤드랜턴 불빛에 의지해 걷던 나는 길이 크게 숨을 내쉬는 소리를 들은 것만 같았다. 하지만 그 길 외에 좁은 오솔길들은 모두 침묵을 지키고 있었다. 깊은 밤 숲은 그렇게 살아 있었다.

나는 숨을 헐떡이면서 그에게 설명했다. 내가 무언가를 열심히 좇아가면서 또 허둥지둥 도망치고 있다는 것을 나도 안다. 나는 감당하고 싶은 동시에 또 상처 받을까 두려웠다.

그가 말했다.

"하지만 늘 내가 먼저 상처 받는 게 이 세상이야. 그건 그 누구도 대신해 줄 수 없어."

숲은 말이 없었다. 나 역시 아무 말도 하지 못했다.

헤드랜턴이 굵은 나무줄기 위에 노란색 반사광을 만들었다. 서른세 그루까지 세었을 때 권곡에 거의 다 도착했다. 하늘이 조금씩 밝아오고 있었다. 남색, 자주색, 오렌지색이 어우러진 아침노을이 수평선 위를 아름답게 물들였다. 이제 1시간 남짓 후면 태양이 떠오를 것이다. 저 멀리 쉐산 주봉을 향해 나아가는 작은 빛들이 보였다. 마치 산허리를 수없이 많은 반짝이는 귀걸이들로 장식한 듯했다.

나는 인파에 둘러싸여 산꼭대기에서 일출을 보는 데는

그다지 관심이 없다. 그보다는 쉐산의 권곡에서 북쪽 능선 방향으로 가다 보면 낮고 평평한 곳이 나오는데 일출을 보기에 딱 좋은 곳이다. 바람도 적당히 막아주고 시야도 탁 트인 곳으로 떠들썩한 인파를 피해 조용히 일출을 감상할 수 있다.

우리는 그곳에 숨어 해가 뜨기를 조용히 기다렸다. 한여름이지만 산속은 겨울 날씨 같아서 모든 게 비현실적으로 느껴졌다. 산에서는 에어컨을 켤 필요가 없다. 그늘진 곳에 있으면 추워서 몸이 덜덜 떨릴 정도다. 지금처럼 영상물이 넘쳐나고 정보가 폭발적으로 증가한 시대에 우리가 그걸 통해 진정으로 얻은 건 무엇일까? 글을 쓰는 건 이제 걷는 일보다 어려워졌고, 잘 포장된 말은 벗겨내면 외로움만 남는다. 우리는 하나의 인공위성일 뿐이다. 설정해 둔 궤도를 따라 세상을 돌고 돈다.

매년 여름 이 시기가 되면 나는 쉐산에 가고 싶다. 검은 숲에 멈춰 서서 바람이 불어오는 소리에 귀 기울이고, 능선에 올라서서 내 두 발로 걸어온 길을 되짚어 보고 싶다. 이렇게 높고, 힘들고, 춥고, 아름다울 때는 마음을 단단히 걸어 잠가야 한다. 감상에 빠지는 건 한마디로 배신이다. 하지만 룬핑, 나는 자주 나를 배신한다. 너 역시 너를 배신하고 우리는 모두 그렇게 자신을 배신한다. 그렇기에 그 어떤 것도 들춰낼 필요는 없다. 자신의 고통을 한 자 한 자 기록으로 남길 필요도 없다. 내가 편하고 자유로운 방식대로 살아가면 된다.

내가 너를 이해할 필요도, 또 네가 나를 이해할 필요도 없다. 설령 서로를 이해한다 해도 그게 무슨 소용인가? 일출, 유성, 북극광, 이 모든 아름다움은 한순간에 불과하다. 만리장성, 로마, 피라미드, 사랑, 이들은 하루아침에 이루어지지 않았다. 나는 이제 사랑이 뭔지 모르겠다. 내가 지금 좇고 있는 것이, 또 피하고 싶은 것이 무엇인지도 잘 모르겠다. 나는 정의 내리는 능력을 잃어버렸다. 그저 인공위성이 되어 모든 이들과 필수불가결한 거리를 선량하게 유지하고 싶을 뿐이다.

그래서 나는 자꾸만 산으로 걸어 들어간다. 소란함과 비범함에서 멀어지고 고독과 평범함에 익숙해지기 위해서. 가능하다면 나는 네가 그냥 지나쳐가는 암석 봉우리이고 싶다. '백악'이 아니라 이름을 잃은 산이고 싶다. 이름이 없는 산은 허가증이 필요 없다. 누구를 산에 머무르게 할지는 오직 산만이 결정한다.

　나에게 좀 더 시간을 주길 바란다. 나 역시 영원을 말하던 예전의 나를 간절히 되찾고 싶디.

나를 위해 셔터를 누르는 사람

사진기 셔터를 누르는 순간
그가 나를 접어서 자신의 마음속에
집어넣는다는 사실을 나는 알고 있다.

흔히들 어른이 되면 진정한 친구를 사귀기 어렵다고 말한다. 하지만 산에 올라본 사람이라면 잘 알 것이다. 서로 마음이 통하는 산 동료를 만나는 일이야말로 정말로 쉽지 않다.

산에 오른 뒤에야 비로소 사랑하기는 쉽지만 함께 살기는 어렵다는 말을 깊이 이해하게 되었다. 특히나 4,5일에 걸쳐 끊임없이 오르내리는 장거리 산행에서 24시간을 함께 먹고 마시고 싸고 잠자고 난 후에도 다음 산행을 약속하는 동료가 있다면, 아마도 그는 당신이 그동안 덕을 많이 쌓은 보답으로 하늘이 내린 선물일 것이다.

만일 시간 감각이나 속도 감각, 배고픔과 힘듦을 견뎌내는 능력, 원망을 늘어놓는 빈도수, 휴식의 빈도수가 당신과 비슷한 산 동료를 만났다면 더 이상 의심할 것도 없다. 마침내 이번 생에 영혼의 단짝을 만난 것이다.

나는 운이 제법 좋은 편에 속한다. 지금껏 혼자서 산을 오른 적이 거의 없다. 아직 가보지 못한 산을 말하고 소원을 빌면 마치 우주의 소원 우물에 금화를 하나 던져 넣은 것처럼 빛의 정령이 나타나 내 소원을 이루어주곤 했다. 그래서 최근 몇 년 동안 많은 낯선 사람들과 산에서 생사고락을 함께 했다. 그들 가운데 다수는 산을 한 번 함께 오른 후로 그 모습이 흐릿해졌다. 그런데 유일하게 내 기억 속에 또렷하게 남아 있는 한 사람이 있다. 그는 평상시에는 걸음이 빠른데 어느 순간 갑자기 느려진다. 마치 일부러 간격을 맞추기 위해 한 박자씩 멈추는 듯했다.

산을 내려오면 항상 다 같이 사진을 교환하는 시간이 있다. 완전히 지쳤지만 흡족한 미소를 짓고 있는 단체 사진, 산 삼각점에서 찍은 개인 기념사진, 산 정상에 올라 한껏 폼을 잡고 찍은 사진 등이다. 그런데 갑자기 내 휴대전화로 구불구불 이어진 능선을 마주하고 있는 내 뒷모습, 푸릇푸릇한 산봉우리들 속에 서 있는 나의 자그마한 모습 같은 사진들이 전송되었다. 게다가 내가 사진기를 손에 들고 일출을 마주하는 황금빛 순간도 그대로 담겨 있었다. 어린 왕자가 매일 오후 4시면 여우를 만나러 가는 길에 물결치던 그 황금빛 밀밭처럼.

나를 위해서 셔터를 누르는 사람은 바로 샤오둥이다.

그는 그립다는 말을 거의 하지 않는다. 좋아한다고도 말한 적이 한 번도 없다. 내 마음이 그와 가까워지려 하면 그는 산에서처럼 갑자기 걸음을 멈춘다. 그래서 내가 어찌할 바를 모르고 멀어지게 만든다. 그런 서러운 경험이 아예 없는 것은 아니지만 자존심이 상한 나는 나쁜 사람이 되기로 미음먹었다. 나는 끝까지 강하게 비티는 일이라면 누구에게도 지지 않을 자신이 있다. 몇 날 며칠 동안을 영하의 눈밭에서 혹은 자잘하게 부서진 암석 밭에서 잘 수 있는 여성이 바로 나다.

결국 우리는 어느 별이 총총한 밤하늘 아래에서 크게 다투었다. 그는 처음으로 눈물을 보였고 흥분한 나머지 주먹을 움켜쥐면서 나에게 말했다. 내가 그의 마음 안으로 들어오지 못하도록 자신이 그동안 얼마나 애를 썼는지. 곁에 머물 수 있는 시간이 부족하다는 이유로 아무것도 할 수 없다는 사실에 자신이 얼마나 무력감을 느끼는지.

그렇게 모든 게 시작될 준비가 되었을 때, 그는 내가 상처 받을까 마음이 쓰인다는 말만 반복했다. 마치 이렇게 결과를 예언하지 않으면 자신이 얼마나 이기적인지 증명할 수 없다는 듯이. 하지만 정말로 헤어져야 할 순간이 다가오자 그는 오히려 입을 다물고 아무 말도 하지 않았다. 그저 웃으면서 자신의 세계를 내 앞에 펼쳐 보였고, 햇살 아래 내가 서 있어야 할 자리를 손으로 가리켰다.

매번 이별 얘기가 나오면 우리는 차마 말을 잇지 못했다. 눈물이 눈에 그렁그렁 차오르면서도 상대의 투명한 눈빛을 놓칠까 울지 못했다. 가끔 감정이 격해질 때면 즉시 본래 자신의 자리로 돌아갔다. 1초 후면 서로 너무 가까워진다는 생각에 감정을 억누르려 해도 쉽지 않았다.

사랑에 온전히 빠지고 싶지 않은 사람이 어디 있겠는가.

사진기 셔터를 누르는 순간 그가 나를 접어서 자신의 마음속에 집어넣는다는 사실을 나는 알고 있다. 줄곧 내가 그와 먼 곳에 있다고 생각했다. 하지만 그가 생각하는 먼 곳은 따로 있었다. 지금은 내가 그의 유일한 기쁨이라 해도 그가 삶에서 원하는 건 비단 기쁨만이 아니다. 그는 균열을 겪길 원하고, 슬픔을 맛보길 원하며, 날아오를 때의 진동과 추락할 때의 부서짐을 실제로 경험하길 원한다. 처량한 용기와 처절한 견딤까지도 직접 겪어내길 원한다.

이따금 그가 조용히 내 곁에 누울 때면 나는 행복감에 젖는다. 나는 시간이 무정하게 흘러가는 소리를 듣는다. 카운트다운이 곧 끝날 것만 같다. 눈빛이 아무리 서로를 붙잡고 놓아주지 않는다 해도 포옹 후에 나는 항상 그보다 먼저 손을 놓는다. 나는 그가 언제든 길을 나설 수 있다는 것만 아는 사람 같다. 내가 그를 얼마나 사랑하는지와 상관없이 그가 서둘러 여정에 오르기만을 바란다.

진짜 이별의 순간이 닥쳐오면 나는 눈이 붉게 충혈되고 몸이 떨릴 정도로 고통스러울 줄 알았다. 하지만 샤오둥이 나를 향해 손을 흔들며 떠나갈 때 오히려 그가 산에서 셔터를 누르던 모든 순간들이 떠올랐다. 사진기 렌즈 뒤에서 고개를 들어 올리고 나를 향해 찬란하게 웃음 짓던 그의 얼굴이 떠올랐다.

나 역시 발꿈치를 들어 올리고 그를 향해 미소 지으며 손을 흔들었다. 그러고 나면 곧 눈물이 하염없이 흘러내릴 거라는 걸 나는 안다. 하지만 지금은 아니다. 눈이 부시게 찬란한 지금은 아니다.

지금은 그저 스물세 살의 그 남자를 기억하고 싶다. 부드럽고 따뜻한, 진실하고 용감한 그는 내 마음에서 잠시 걸음을 멈추고 그만의 방식으로 있는 힘껏 나를 사랑했다.

산에 두고 온 그 말들이 좋아서

산을 좋아한다기보다
산에서 오랫동안 걷는 걸 좋아한다고 말하고 싶다.
걷는 속도는 망각의 속도와
기억이 떠오르는 속도를 좌우한다.
그 리듬은 두 발 외에는 어떤 도구도 대신할 수 없다.

산 정상에 앉았을 때
문득 너에게 말하고 싶었다.
우리의 대화를 또렷이 기억하는 건
언제나 걷는 도중에 털어놓기 때문인 것 같다고.

그 말들이 편백나무 꼭대기와 나비 날개와
푹신한 솔잎과 폭포의 깊은 못과
계곡에서 나부끼고 있기 때문이라고.

가슴이 시리도록 아름다운 말들이다.
영원히 이곳에 머물 만큼.
영원히 실제로는 일어나지 않을 만큼.

영원히 기억하고 싶은 온기

우리는 어떤 이야기든 다 나눌 수 있지만
서로 말하지 않는 것에 대해서는 묻지 않는다.
우리를 만나게 한 것도 산이고 갈라놓은 것도 산이기 때문이다.

어쩌면 너는 길 위에서 온갖 고생을 했거나 아니면 편하고 쾌적하게 지냈을지도 모른다. 하지만 내가 보았을 때 너는 여전히 예전 그대로의 너였다. 근사하게 보이는 것에는 관심 없는 듯 오른손을 주머니에 찔러 넣은 채 왼손으로 나를 꽉 끌어안고는 아래턱으로 내 머리카락을 문질러댔다.

마지막으로 함께한 날, 우리가 신성한 능선에서 막 내려오자 마침 비가 내리기 시작했다. 우리 둘은 서로의 눈을 바라봤고 그 30초의 마주침을 나는 여전히 기억한다.

뒷좌석에 앉아 있던 나는 너를 가볍게 흔들어 깨웠다. 너는 어리둥절해서는 자신이 지금 어디에 있는지 헷갈리는 눈치였다. 나를 똑바로 쳐다보는 모습이 마치 내가 왜 자신 앞에 나타났는지 묻는 것만 같았다.

"내려야지. 타이베이에 도착했다."

내가 말했다.

너는 눈을 깜박이더니 그제야 잠에서 완전히 깬 듯했다. 말없이 내 머리를 쓰다듬는 것으로 인사를 대신하고는 쏟아지는 빗속으로 걸어갔다. 한 번도 뒤돌아보지 않았다. 커다란 배낭을 멘 너는 그렇게 단번에 내 삶에서 몇 년간 사라져 버렸다.

"오래간만이야."

해발 1,200미터의 다룽향 난산 게스트하우스 공용 침대 위로 네가 갑자기 모습을 드러냈다. 복도에서 방 안쪽으로 뚫린 창문을 통해 나에게 인사를 건넸다. 나는 깜짝 놀라 그만 소리를 지르고 말았다. 그리고 침대에 올라서서 창문을 통해 너를 깊숙이 끌어안았다. 오랫동안 떠돌아다닌 너에게서는 산 냄새가 났다. 오래된 숲에서 밤낮으로 솔잎을 태울 때 풍겨오는 따뜻하고 촉촉한 냄새와 비슷했다. 너는 고개를 숙인 채로 아무렇지도 않게 여성 숙소로 걸어 들어왔다. 그 모습에 다른 여성들이 오히려 부끄러운 듯 머리를 숙이고 침대 위에 흩어져 있는 물건을 정리하는 척했다. 너는 허리를 구부리고 다리를 길게 뻗은 채로 내 침대에 걸터 앉았다. 좋아서 어쩔 줄 모르는 내 표정을 담담히 바라보는 모습이 마치 흥분해서 주위를 빙빙 도는 강아지를 지켜보는 듯한 얼굴이었다.

"그렇게 좋아?"

"당연히 좋지!"

내가 외쳤다.

"돌아왔으면서 왜 나한테 연락을 안 했어?"

침대 가장자리에 앉아 너는 너의 이야기를 하고 나는 나의 차를 마셨다. 네가 들려주는 이야기 속 장면들이 내 눈앞에서 번쩍였다. 하마터면 목숨을 잃을 뻔했던 크레바스(얼음이 갈라져 생긴 틈), 방향을 잃고 헤맸던 눈발, 아찔했던 구름 속 비행. 너는 몸을 기울여 내 무릎에 너의 무릎을 가까이 붙이고는 나를 떠난 뒤 너에게 남았던 모든 사랑의 흔적들에 대해 들려줬다. 동시에 두껍고 민첩한 손가락으로 내 장비에 엉켜 있는 밧줄을 풀어주었다. 그러다 문득 한 번씩 손을 멈추었다. 나는 네가 깨어진 순간들을 정리하고 있는 중이라는 걸 안다. 네가 침묵하면 나는 묻지 않는다. 그건 우리가 서로를 이해하는 방식이다.

　　우리는 무장한 채 각자 이 산에서 저 산으로 떠돌았다. 만약 우리가 마주치기까지 걸었던 산길을 모두 하나로 연결한다면 나와 너의 현실 속의 거리가 딱 그만큼 멀 것이다. 우리는 어떤 이야기든 다 나눌 수 있지만 서로 말하지 않는 것에 대해서는 묻지 않는다. 우리를 만나게 한 것도 산이고 갈라놓은 것도 산이기 때문이다. 산이 없는 나날 속에는 서로가 존재하지 않는다. 그래서 우리는 항상 산에서 만난다. 산 아래 세상에서 우리는 연결될 수 없다.

하지만 나는 네가 현실에 지친 요리사라는 걸 안다. 너는 내가 직장 일에 지친 글 쓰는 사람이라는 걸 안다. 과연 가능할까? 우리는 이른 아침 거친 들판을 일구다가 고개를 들고 꾀꼬리가 우는 소리에 귀 기울일 것이다. 깊은 밤 별들이 지평선에서 떠오를 때까지도 우리가 오후에 잘못 들어섰던 산길에 대한 논의를 멈추지 않을 것이다. 한 치의 양보도 없이 정치적 논쟁을 벌이느라 운전 중 길을 잘못 들어섰는데도 어느 누구 하나 차를 세우고 길을 묻지 않을 것이다.

하지만 나의 소원은 이것이다. 너는 너의 것을 사랑하고, 나는 나의 시간을 보내는 것. 그렇게 각자 자기 자신으로서 잘 살아가는 것. 사랑은 때론 모습을 바꾸기도 하지만 어떤 형태로든 이어져 왔다. 한 번도 흐려진 적이 없다. 우리가 어떤 관계든 그 날 하루를 행복하게 살면서 언젠가 가장 그리워할 일상을 만들어 가야 한다. 너는 영원히 가장 따스할 것이고 언제까지나 나를 가장 소중히 여겨줄 것이다. 그리고 나는 그 온기를 영원토록 기억할 것이다.

늘 내 곁에 머물고 있었음을

바로 그 순간 나는 당신이 내 곁으로 돌아왔다는 걸 느꼈다.
나와 나란히 서서 따스하고 부드러운 손으로
내 손을 꼭 잡고 있었다. 당신은 어떤 형태로든
어떤 방식으로든 내가 당신의 존재를 느끼게 만들었다.

나는 유독 귀신을 무서워한다. 영적 세계와 관련된 모든 현상을 두려워한다. 어려서부터 지금까지도 귀신 이야기는 딱 질색이며, 귀신 영화는 절대 보지 않는다. 가장 무서운 건 한밤중에 혼자 깨서 화장실에 가는 일이다. 어린 시절 음력 7월 '저승의 문이 열리는 달'이 되면 두 눈을 질끈 감고 좋아하는 인형을 죄다 갖다 버렸다. 인형 몸에 귀신이 들어간다고 아버지가 나를 겁주었기 때문이다. 그 무렵 방송에서 영화 예고편이 흘러나오면 나는 끝날 때까지 귀를 꽉 막고 눈을 감고 있었다. 이 시기 타이완에서 상영되는 영화는 온통 귀신 영화 일색이었기 때문이다. 산에서도 누군가 귀신 이야기를 꺼내려고 하면 정색하며 피했고, 너무 무서워서 울음을 터뜨린 적도 여러 번 있었다.

해발 약 3,300미터의 자밍호수는 중앙산맥 남쪽 두 번째 구간의 남쪽 입구에 위치해 있다. 이곳은 타이둥과 가오슝, 화롄이 맞닿아 있는 지역이다. 자밍호수는 직경이 200미터에서 330미터까지 변화하며, 깊이는 약 35미터에 이르는 타원형의 고산호수다. 산에 오르기 전에 나는 항상 공부를 열심히 하는 편이다. 검색창에 '자밍호수'라고 입력하니 미스터리한 사건과 각양각색의 전설들이 와르르 쏟아져 나왔다. 나체로 사망한 카레이싱 선수, 주먹을 쥔 채 호수 바닥에 앉아 있는 시체……. '천사의 눈물'이라는 애칭으로 불리는 사진 속 호수는 새하얀 구름 아래 푸릇푸릇한 풀과 어우러져 영롱하고 투명한 파란색으로 빛나고 있었다. 갑자기 알 수 없는 불안감이 엄습해 왔다. 그건 두려움도 공포도 아니었다. 뭐라 설명할 길 없는 감정이었다. 그런 나를 YO는 다행히 지금은 음력 7월도 아니고 12월의 타이완 산에는 아직 눈이 내리지 않는다고 안심시켰다. 지금은 늦가을과 겨울이 교차하는 시기였다. 등산로 입구에서 길을 나서는데, 투명하게 반짝이는 늦가을 햇살이 파란 하늘과 멋지게 어우러졌다. 우리는 샹양산장을 나서서 자밍호수의 비난산장으로 향했다.

출발한 지 얼마 되지 않아서 화창하게 내리쬐던 해가 갑자기 자취를 감추더니 자욱한 안개가 사방을 덮어 버렸다. 짙은 안개 때문에 겨우 팔 하나 거리 정도 떨어져 있는 동료의 뒷모습조차 분간이 가질 않았다. 나와 YO는 사방이 탁 트인 대초원에 서 있었다. 대체 눈을 어디에 두어야 할지 몰라 두리번거리면서 동서남북도 구분해 내지 못했다.

그 자리에 그대로 멈춰 서서는 사방팔방에서 불어오는 거센 바람에 팽이처럼 돌고 또 돌았다. 순간 영하의 산에서 갑자기 자잘한 얼음 비가 내리기 시작했다. 자욱한 안개 때문에 배낭 깊숙이 넣어둔 장갑을 찾을 수가 없었다. 이럴 때는 앞서가는 동료의 배낭에 손을 올려야만 겨우 조금씩 전진할 수 있었다.

그렇다고 그 자리에 가만히 멈춰 있을 수는 없었다. 그랬다가는 체온이 급격히 떨어지고 만다. 다들 서로 격려의 말을 건네는 것도 잊은 채 가파른 길을 끊임없이 오르고 또 내려갔다. 자밍호수의 비난산장에 도착했을 때는 온몸이 흠뻑 젖어 있었다. 나는 체온이 약간 떨어진 상태에서 따뜻한 물을 마시는 것조차 속이 울렁거려 곧장 침낭 속으로 파고 들었다. 온몸이 덜덜 떨렸고 한동안은 체온이 돌아오지 않았다. 메스꺼움과 함께 알 수 없는 이명까지 나타났다. 그렇게 자는 것도 깨어 있는 것도 아닌 상태는 깊은 밤까지 이어졌다.

그러다 어느 순간 이명이 멈추었다. 편안하고 규칙적으로 숨 쉬는 소리가 내 귀에 전해져 왔다. 산장은 어느새 사람들로 꽉 차 있었다. 희한하게도 늘 여기저기서 울리던 코고는 소리는 들리지 않았다. 좀 전까지는 추워서 잠도 못 이룰 정도였는데 지금은 몸을 일으켜 앉아도 전혀 한기가 느껴지지 않았다. 다만 목이 바짝바짝 타면서 물을 마시고 싶다는 생각만 간절했다. 몽롱한 상태에서 자리에서 일어나 방을 빠져 나와서 주방으로 갔다. 그리고 단숨에 네다섯 컵의 물을 들이켰다. 그런데 어두컴컴한 주방에서 내다본 밖은 이상하리만치 맑고 환했다. 대낮처럼 밝은 은백색의 달밤이 묘한 기운에 휩싸여 있었다.

한 번에 너무 많은 물을 마신 탓인지 갑자기 화장실에 가고 싶었다. 하지만 화장실은 주방에서 제법 멀리 떨어진 곳에 있었다. 나는 호수에 얽힌 괴상망측한 전설들이 떠올라 주방에서 한참을 서성거렸다. 그러다 결국 용기를 내어 화장실 쪽으로 걸음을 옮겼다. 깊은 밤의 달빛은 여름날 정오처럼 밝아서 헤드랜턴을 켤 필요도 없었다. 작은 오솔길 위로 빠르게 움직이는 내 그림자가 또렷하게 비쳤다.

바로 그때 어떤 강력한 힘이 나의 발걸음을 붙잡았다. 심장이 갑자기 브레이크를 밟았을 때처럼 날카로운 소리를 냈다. 나는 결국 참지 못하고 뒤를 돌아봤다. 자밍호수의 비난산장 주방 뒤편으로는 새까만 숲이 바로 인접해 있었다. 그 숲 깊숙한 곳에서 열두 쌍의 눈동자가 나를 뚫어져라 쳐다보고 있었다. 열두 마리나 되는 거대한 물사슴들이 숲에서 천천히 걸어 나오더니 곧장 나를 향해 다가왔다.

열두 쌍의 반짝이는 눈동자는 절도 있고 침착한 걸음걸이로 나를 향해 전진하더니 1미터 거리를 남겨 두고 별안간 멈추었다. 난생처음으로 물사슴을 본 나는 순간 머릿속이 하얘졌다.

타이완의 물사슴은 대부분 해발 2,000미터 이상의 험준한 산악 지역에서 살아간다. 숲 아래쪽의 관목 나뭇잎을 즐겨 먹기에 자주 숲속에 모습을 드러낸다. 건장한 네 다리와 단단한 발굽으로 가파른 골짜기와 숲속을 자유자재로 오갈 수 있다. 예전에 듣기로 중앙산맥 남쪽의 두 번째 구간을 걷다 보면 아침과 저녁 무렵에 무리지어 이동하는 야생 물사슴을 만날 수 있다고 했다. 그런데 이곳은 등산객들이 매일 끊이지 않고 오고 가는 자밍호수의 비난산장이 아닌가. 이런 곳에, 게다가 이렇게 달빛이 환하게 비추는 밝은 밤에 열두 마리의 물사슴이 동시에 움직이다니!

그중에서도 유난히 거대한 체구에 웅장한 뿔을 가진 무

리의 대장 격인 수사슴과 마주하자 나는 그 자리에 얼어붙은 듯 꼼짝도 할 수 없었다. 마치 내가 가진 힘을 가늠해 보기라도 하는 것처럼 긴장감이 팽팽하게 느껴지는 차가운 시선이 내 몸을 몇 차례 훑었다. 그러는 동안 무리 뒤쪽에서는 인내심을 잃은 몇몇 물사슴들이 불안한 듯 쉬지 않고 움직이며 발굽 소리를 냈다. 그렇게 나와 물사슴 무리는 산장과 화장실 사이의 오솔길에서 한참 동안 서로를 마주보며 서 있었다. 그러더니 한순간 마치 약속이라도 한 듯 열두 마리의 물사슴이 동시에 고개를 돌리더니 숲속 깊은 곳으로 사라져 버렸다.

바로 그 순간 나는 당신이 내 곁으로 돌아왔다는 걸 느꼈다. 나와 나란히 서서 따스하고 부드러운 손으로 내 손을 꼭 잡고 있었다. 당신의 몸에서 나던 익숙한 향기가 났다. 매일 아침 6시 반, 이미 옷을 갈아입고 단장을 마친 당신은 립스틱을 바르고 향수를 은은하게 뿌린다. 그리고 내 침대로 다가와서 가볍게 나를 부른다. 나는 눈을 감고도 당신의 향기를 맡을 수 있다. 당신은 항상 어릴 때 부르던 이름으로 나를 불렀다. 그리고 허리를 구부려 여동생의 어깨를 흔들어 깨우고는 방문을 닫고 나간다. 나는 당신이 주방으로 걸어가는 발자국 소리를 듣는다. 토스터에서 빵이 튕겨져 나오는 소리와 컵이 부딪치면서 내는 맑은 울림소리를 듣는다. 위장이 약한 내가 찬 음료를 마시지 못한다는 걸 알기에 당신이 가스 불을 켜고 우유를 데우는 소리를 듣는다. 이런 소리들은 나를 안심시킨다. 눈을 뜨면 새로운 하루가 시작된다고 알려 준다.

지금도 눈을 뜨면 새로운 날이라는 걸 안다. 하지만 그 모든 새로운 날에 당신은 더 이상 없다. 가끔 거실 소파에 혼자 앉아 있으면 당신이 근심 가득한 얼굴로 나에게 다가오는 모습이 어렴풋이 보이는 듯하다. 늘 휴대전화의 인터넷 접속이 안 되는 등의 사소한 일 때문이었다. 이따금 밖에서 술에 취해 돌아온 아버지가 거실에서 잠들어 버리면 당신은 방에서 솜이불을 옮겨와 소파에 비집고 들어가서는 아버지 곁에서 잠을 청하곤 했다.

이 신비롭고 아름다운 자밍호수에서 나는 깨달았다. 어쩌면 나는 지금껏 한 번도 당신을 잃은 적이 없는지도 모른다. 내가 두려움을 느낄 때마다 당신은 예전 그대로 내 곁에 나타났다. 내가 '엄마'라고 부르기만 하면 당신은 어떤 형태로든 어떤 방식으로든 당신의 존재를 느끼게 만들었다.

열두 마리의 물사슴들은 한 번도 뒤돌아보지 않고 곧장 숲속 깊은 곳으로 들어가 버렸다. 나는 눈을 감은 채 그 자리에 그대로 서 있었다. 눈에서 천사의 눈물이 흘러내렸다.

닫는 글

오래도록 산과 함께할 수 있기를

나는 글을 쓰는 사람이지 말을 하는 사람은 아니다.

말을 할 때는 자주 멈칫거리며, 설명하기 어려운 건 말로 하지 않는 경향이 있다. 내가 글을 쓰지 못한다면 그건 소리를 잃은 것이나 마찬가지다. 엄마가 돌아가신 후로 나는 꽤 오랫동안 소리를 잃고 살았다. 엄마는 산과 만난 후부터 산의 사랑과 보살핌을 받았다. 그래서 산의 아이인 나는 그 비밀을 써내려가기 시작했다.

비록 말을 잘하지는 못하지만 나는 인터뷰를 할 때면 내가 왜 배낭을 메고 산으로 걸어 들어갔는지 최선을 다해 나누곤 한다. 맨 처음 산에 오른 이유는 정말 단순했다. 나처럼 평범한 직장 여성이 할 수 있는 일이라면 누구나 할 수 있다는 걸 보여주고 싶어서였다. 직장을 그만두어야만 할 수 있는 용기 있는 행동도 아니고, 정확한 방향 감각을 갖추어야만 검은 숲으로 걸어 들어갈 수 있는 것도 아니다. 늘 산과 함께 걷겠다는 마음만 있으면 산은 언제든 당신을 산에 머물게 할 것이다.

4년 넘게 수많은 산을 오르면서 지금도 잊히지 않는 장면들이 있다.

　안개가 자욱한 난후다산의 우옌펑에서 얼음 비까지 내리기 시작하자 자신의 장갑을 벗어 내 품에 밀어 넣고는 뒤도 한 번 안 돌아보고 멋지게 산을 오르던 황서의 뒷모습.

　존 뮤어 트레일에서 눈길로 일정이 지연되면서 식량이 부족해지자 나와 황서, 칭, YO가 앞다투어 서로에게 마지막 식량을 양보하던 다정하고 포근한 풍경.

　일본 동북지역의 최고봉 히우치가다케에서 어둠 속을 더듬으며 내려올 때, 다급해진 나는 정신없이 길을 찾고 체력이 고갈된 YO는 두려움에 주저앉아 어둠 속에서 울음을 터뜨리던 장면.

　네팔의 안나푸르나에서 병이 심해져서 혼수상태에 빠지고 숨조차 쉬기 힘들었을 때, 커다란 산 같은 웨이하오가 열흘 넘게 밤낮으로 나를 돌봐주고 지켜주던 모습.

　이처럼 오래도록 기억하고 싶은 풍경들을 일기로 남겼고, 이후 이야기로 바뀌면서 지금 이렇게 한 권의 책이 되었다.

앞으로도 계속 산과 동행하면서 글을 쓸 수 있기를.

그럴 수 있기만을 간절히 소망한다.

옮긴이 이지희

건국대 중어중문학과를 졸업하고, 이화여대 교육대학원에서 중국어교육을 전공했다.
베이징, 상하이, 다롄 등에서 공부했으며, 현재 번역집단 실크로드에서 중국어 전문 번
역가로 활동하고 있다.
옮긴 책으로 『30전에 나를 바꾸고 30부터 세상을 바꿔라』, 『아이야, 천천히 오렴』, 『어린
이를 위한 하버드 새벽 4시 반』, 『부모학교』, 『쉿! 비밀이야』 등이 있다.

산이 좋아졌어

초판 1쇄 인쇄 2021년 2월 23일
초판 1쇄 발행 2021년 3월 8일

지은이 산뉘하이Kit **옮긴이** 이지희
펴낸이 김종길 **펴낸 곳** 글담출판사 **브랜드** 인디고

기획편집 이은지 · 이경숙 · 김보라 · 김윤아 · 안수영
마케팅 박용철 · 김상윤 **디자인** 엄재선
홍보 정미진 · 김민지 **관리** 박인영

출판등록 1998년 12월 30일 제2013-000314호
주소 (04029) 서울시 마포구 월드컵로8길 41 (서교동 483-9)
전화 (02) 998-7030 **팩스** (02) 998-7924
페이스북 www.facebook.com/geuldam4u **인스타그램** geuldam
블로그 http://blog.naver.com/geuldam4u

ISBN 979-11-5935-081-8 (03820)
책값은 뒤표지에 있습니다.
잘못된 책은 바꾸어 드립니다.

만든 사람들 ─────
책임편집 이은지 **디자인** 엄재선 **교정교열** 윤혜숙

글담출판에서는 참신한 발상, 따뜻한 시선을 가진 원고를 기다리고 있습니다.
원고는 글담출판 블로그와 이메일을 이용해 보내주세요. 여러분의 소중한 경험과 지식을 나누세요.
블로그 http://blog.naver.com/geuldam4u 이메일 geuldam4u@naver.com